# 우수리강
# 건너

| 동원 Dong won 지음 |

당신의 현재 삶이 존중되고

당신의 본능이 이해되고

당신의 지나온 생들이 기억되는 곳

자유롭고 여유롭고 멋과 향이 있는,

기쁨과 환희 설렘이 있는 곳

신선의 땅

도서출판 해조음

# 우수리강 건너

태양아 솟아라 우수리
강

보아라 보아라 우리온
곳

흘러라 흘러라 겨레의
피

밝혀라 밝혀라 우리의
혼

스며라 스며라 어머니
젖

퍼져라 퍼져라 우리의
꿈

태양아 솟아라 우수리
강

**1.**

산 이유도, 살아가야 할 까닭도 없었던
그날들에
아득히 먼 점으로부터 다가와
곁에 앉아 주시던….
오늘 가신다니 무엇을 어찌해야 할지 모르겠습니다.


**2.**

태풍이 몰아쳐도 폭우가 쏟아져도
필 꽃은 핀다는
힘들고 어려운 시기마다
별빛으로 반짝이는 스승님 말씀들을….
나와 이웃에게 작은 충고라도 해줄 수 없는 지혜가 부끄러워,
낮익고 반가운 목소리를 들으며
제 이야기 몇 편 올립니다.

목차

# 처음에

# 01 펴내며

참여하신 우주 경작 연기가 끝나면 누구나 천국의 삶을 즐기게 된다는 희망과 환호의 언어들로 구성된 36편의 짧은 적바림 글입니다.

모든 종교·과학·예술·학문·정치는 결국 인간 삶으로 귀일합니다. 결과, 책 제1에 21편의 짧은 에피소드로 '삶'을 노래했습니다. 결코 무시될 수 없는 서로에 대한 작은 관심과 배려가 삶의 가치를 일깨우고 인간 삶을 찬미토록 합니다.

제2에 7편의 '종교' 글을 두어, '존재의 자각'을 가능케 하는 경쾌한 율동 천부경 수를 노래하며 몇 종교의 기본 질서를 간략히 밝혔습니다. 그리고 얼이[섹스]를 종교 이상의 가치에 두어 인간 삶의 존속과 동력의 근원처를 노래했습니다.

제3에서는 정치 글로 사회 존재 방식인 정치가 추구해야 할 가치와, 통일 겨레의 '말글' '나라이름' 등 5편의 글을 두어 나라 사랑의 불씨를 지폈습니다.

제4에서는 과학의 춤인 현대문명, 아름다운 과학의 곡예가 펼칠 '인체개조기술' 등 3편의 글로 과학의 지평을 열어 보았습니다.

제5에서는 2편의 마무리 글을 두었습니다.

## ╏ 4개의 핵심문장

1.

「대한제국」을 지나, 임시정부의 「대한민국」과 왜정의 「조선」이란 나라 이름을 거쳐, 「대한민국」·「조선민주주의인민공화국」 2국 체제의 나라 이름 이후, 통일 겨레의 나라 이름이 「한나라」입니다.

2.

사람은 수를 부릴 줄 알아야 한다.

복잡한 머리 써서 우주가 존재한 게 아니다. 단순한 수 1. 2. 3의 나열이 현재 대우주의 나툼이다.

대우주의 수가 그대로 구현된 것이 인체다. 그래서 인체를 우주의 축소판이라 한다.

이 공식이 일상생활로 나타난다. 소소한 일상생활의 질문도 여기에 대입하여 해답을 얻을 수 있다.

이것이 천부경의 바른 이해이고, 과거 현재 미래 수의 파악이다.

3.

'창조된 것[사람의 몸]'의 유지 혹은 보수에 머물렀던 과학의 한계를 뛰어넘는 아름다운 과학의 곡예, '인체개조기술'로 이곳 삶의 현장에서 천국의 생을 즐길 수 있게 된다는 선배지혜의 한마디 말씀을 확인하는 시간들로 하루를 점철할 수 있기를.

4.

당신의 현재 삶이 존중되고 / 당신의 본능이 이해되고 / 당신의 지나온 생들이 기억되는 곳 / 자유롭고 여유롭고 멋과 맛과 향이 있는, 기쁨과 환희 설렘이 있는 곳 / 과거도 미래도 아닌 현재의 땅이 신선의 땅입니다 / 당신이 신선이고 당신이 선녀입니다.

## 02 저자 프로필

나를 맞아 산을 넘어오시는 선생님이 그리워, 몸을 눕히는 시간 틈틈이 적바림한 보잘것없고 하찮은 나의 이야기 몇 편 글을 모아 여기에 올려 보았습니다.

정리하며,
온갖 수모와 갈굼에 대들지 못하는 '순한' 성격에서 오는 나약함이 많은 생각을 일으키게 했고, 그 생각들이 쌓여 하나의 나를 이루었다.
내가 옳다는 생각을 해 본 적이 없기 때문에, 특정 사고를 고집하지 않았고, 다른 이의 생각을 존중하며 반갑게 받아들이고, 손쉽게 나의 사념틀을 부수고 보강하고 확장하여 전개하였다.

제도권 교육을 제대로 받지 못한 탓, 정해진 학습의 틀에 갇히지 않았고, 현실 사회의 지식 논리와 규범 질서에 세뇌되거나 동화되지 않았다. 채점자의 입맛에 맞는 답안 작성에 매달리는 훈련에 몰두하지 않았다.

허약한 몸과 잦은 병치레 등에서 오는 심신의 병은 숱한 종교를 순례토록 하였으며 종교가 제공하는 초월 능력과 신비 체험, 믿음 정서를 맛볼 수 있도록 하였다. 그러나 그 대가로 그들 질서에 순응토록 길들이는 매질을 감내하는 수고를 견뎌야 했다.

변변한 직장 생활을 해본 적이 없기 때문에 상사의 눈치를 고려한 생존
방식을 선택하지 않아도 되었다.

사람들과 잘 어울리는 스타일이 아니었기 때문에 세상의 온갖 뉴스의
'어느 한 편'의 손을 들지 않아도 되었다.

주워 먹으며, 얻어먹으며 산 한때의 거지 생활은, 쪼들리고 부족하고 형편
없는 삶에도 초조해하지 않고 부끄러워하지 않고, 먹고 입는 일에, 병에
도, 잠에도 집착하지 않는 마음을 얻을 수 있도록 하였다. 하염없이 나를
버리고 그저 고맙기만 한 이웃들을 향한 하심은 거지 생활을 통해 획득한
마음이다.

범죄가 없는 자들을 합법적으로 가두는 감옥 「국립정신병원」에 수감되
어, 그곳의 몸서리치는 고통의 시간 속에서 얻어진 간절하고도 애처로운
주문,
'차라리 살인자의 누명을 쓰고 형장으로, 차라리 봉사가 되어 아무것도
볼 수 없도록'의 기도 세월은, 갇힌 자의 고통을, 자유의 갈망을, 자유의
소유를, 일상의 소중함을 깨닫도록 해준 시간들이었다.

우연처럼 만난 낯선 스승이 삶을 긍정의 방향으로 이끌어주셨다. 사유의

기본 골격을 세워 인생의 진로를 분명히 할 수 있도록 해주셨다.

이러한 삶의 궤적이 나름 조금은 다른 삶의 기록을 남길 수 있게 했다.

생활에는 늘 고통이 따랐고, 즐거움이란 없었지만 어찌할 것인가. 누군가의 필요(신이라고 해도 좋다)에 따라 운명 지어진 것이라 결론을 짓고 관대함과 미소로 생의 프로그램을 받아들이며,

늘 지금, 이 순간에도 아무런 조건 없이 막강한 정보력과 지성으로 나를 이끌어 주는 선배지혜의 가르침을 소중히 생각하고, 이들이 전하는 메시지를 기꺼이 수용하며, 먼 훗날이 될지 모르지만 나도 언젠가는 누군가에게 도움이 되는 한 인간이 되고 싶다.

삶

# 01 요양원 목욕 풍경

이곳 요양원 입소 어르신 가운데 스스로 식사를 할 수 있는 사람은 식탁에 앉아 식사합니다. 목욕은 요양사의 도움을 받아 해결합니다.

오늘은 목욕하는 날입니다.
여자 요양보호사가 평생 총각일 수밖에 없는 숫총각 비구 스님의 몸을 구석구석 깨끗이 씻어준 후, 스님의 불알을 물끄러미 바라보며 한 말씀 시주했습니다.

"대추 어디서 훔쳐다 달았어요?"

## 02    사랑해요. 좋아해요

요양원은 더 드실 나이가 없어,
생을 방하착한 어르신들이 모여 계신 곳입니다.

한 어르신은 앉아 있을 수도, 걸을 수도 없는 분이십니다. 똥오줌은 기저
귀로 받아내고 밥은 요양사가 먹여줍니다.
하는 일이라곤, 조그만 유아 책 그림을 표정 없이 밤낮으로 들여다보는
게 전부입니다.

그런데 이 어르신의 누님 세 분이 가끔 면회를 왔습니다. 어르신의 누나
가 되는 것으로 보아 이분들도 나이를 많이 잡수셨을 것입니다. 그리고
어느 땐가 메모를 남기고 갔습니다.
그 메모장을 슬쩍 들여다보았는데 거기에는 이렇게 적혀 있었습니다.

"사랑해요
 좋아해요
 아프지 말아요."

이 노인은 누구의 언덕도 되지 못합니다. 이 노인에게서는 얻어낼 그 무

엇도 없습니다. 정감 어린 그 어떤 몸짓도 대화를 나눌 능력도 허락되지 않습니다. 눈빛만 맑게 흘렀습니다.

이런 부서지고 병든 늙은이를 사랑하는 그 마음이 너무 소중하고 고맙고…, 가슴이 무너져 내리는 감동으로 종일 울었습니다.

우리가 사랑을 한다고 할 때, 대부분의 경우 어떤 대가를 바라는 사랑입니다. 능력 밖의 헌신과 관심과 배려를 요구합니다.

더없이 높고 순수한 종교의 사랑마저도 어떤 조건이 따릅니다. 기도를 요구하고 믿음을 요구합니다.

이 시대, 무한사랑의 손길.

대가나 조건이 없는 사랑 그런 사랑을 베풀고, 그런 사랑을 요구할 줄 알고 그런 사랑 속에 있어야 합니다.

오늘, 다 끝난 인생에 베푸는 무조건적인 사랑이 우리 곁에 존재한다는 것만으로도 우리의 삶은 값진 것일 수 있습니다.

잃는 것이 있으면 반드시 새로이 얻어지는 것이 있다는 확고한 믿음에 따라, 한 생을 마감하고,

새로운 부모, 무한자비의 품을 선택해 걸어 나가는

그 고운 호흡을 바라볼 수 있는 이곳은

오래된 생의 보석, 숨결의 마지막 은닉처입니다.

# 03 뚱뚱이 타령

못된 짓도 안 되는 것도 사랑의 또 다른 변주곡이라는 말도 있고…, 죄악에 대해 침묵의 동조가 아니라 또 다른 율동을 위한 신의 연주 작법으로 이해하는 차원에서 넘기는 한편, 무엇이든 지나치면 인간의 벌에 앞서 그들의 징벌이 있으리라는 믿음을 간직하며…. 세상의 온갖 '오류와 잘못들' 대충 그냥 보아 넘기기로 했습니다.

주워들은 의학 상식에 따른 요양사들의 살타령에서 비롯된 불필요한 간섭과 아우성에서 벗어나고 싶은 순간, "살찌니 보기 좋다."라며 저를 옹호해 주던 간호부장님의 그 말씀에 힘입어 이 글을 올립니다.

### 뚱뚱이 타령 _ 긴 난봉조로
서넛 모인 여편네 자리는 늘 살타령이다. 비만이 모든 질병의 원인이라며, 살 빼지 않으면 지구가 곧 뒤틀릴 것 같은 한숨을 쉰다.

명품 몸매 만들어 이저 남자한테 구염 받고, 시선 추행에 감동으로 흐느끼고, 고마운 말씀들이다. 뭐가 그리워 살 붙들고 있겠는가. 미련 없이 '식탐비만'이든 '유전자비만'이든 비만은 멀리해야 할 것으로, 비만과의 전쟁 불사 악다구니를 쓴다.

아...! 슬프고 괴롭다. 뚱뚱이가 뭐 잘못됐다는 건가! 잘못이라야 구멍 넓어 조이는 맛 아쉽게 만든 죄뿐인데. 이런저런 단말, 좋은 말, 기껜말로 날씬 몸매 추앙하며, 적당히 익은 몸매를 뚱뚱하다느니 비만이다느니 하며 나불나불 쪼아댄다.

잘생긴 목사 넘실대고, 평생 숫총각 스님들이 넘실대고, 사이트마다 유부녀 꼬시기 멘트 하나는 꼭 끼워 넣는 세상에, 한눈 안 팔고 일부종사하고 있는 선량한 마누라를 똥 입방질로 찧어대는 그 작태가 심란할 뿐이다.

헌신하면 헌신짝 된다는 말이 있음에도 불구하고, 트위터 인스타그램 페이스북 등등 쏘다니며 휘파람 불어주고 가슴 출렁여주고 해서 얻은 아재 물어다 주는 바로 옆 여편네를 뚱뚱이 곡조로 기죽여 득 볼일 뭐 있겠는가.

여유 공간 확보하여 여유롭고 든든한 세상 엮어가는 적당히 익은 몸매를 시샘하는 것들이 쌓아놓은 날씬 몸매 찬양은 언젠가는 그 속셈이 드러나 거리에서도 남편의 눈에서도 쫓겨날 것이다.

우리 너무 서둘지 말자. 언젠가는 호리호리 몸매들이 우리 익은 몸매들이 부러워 유전자 조작에 목숨 걸 날이 온다.

키 작은 탓을 어머니에게 돌릴 때마다 올해 나이 97이신 그는, "우리 처녀 시절엔 키 큰 년은 속없고 싱겁고 자발적어 시집가기 힘들었어, 키 작은 처녀는 중매쟁이가 얼굴 보지 않고 중신 섰다."

## 04 변두리 카바레의 진실

덤으로 사는 삶의 오래된 구 일산 변두리의 추억입니다. 변두리에는 덤으로 살아주는 삶이 있습니다. 변두리에는 덤으로 살아주는 의리가 있습니다. 덤으로 얹어주는 정이 있습니다.

변두리에는 벌거벗은 마음들이 있습니다. 거짓과 위선과 가공된 언동 체계를 거부하는 누드들이 있습니다. 아저씨 아줌마가 있습니다.
주먹구구 대충의 얼굴, 무잡의 포옹이, 열화가 있습니다.
찢어진 눈꺼풀이 있습니다.
바람난 거래가 있습니다.
주저 없는 분출이 있습니다.
풍성한 살냄새가 있습니다.
벗은 치마와 뒤집어진 팬티가 있습니다.
드센 모욕, 거침없는 배설이 있습니다.

변두리에는 너무 정직해서 바람맞은 순정이,
바람맞은 진실이 있습니다.
고상한 종교적 심성으로부터 버림받은 질서가 있습니다.
변두리에는 쫓겨난 품격이 있습니다.

중심에서 쫓겨난 파격이 있습니다.
거부와 오기와 우격다짐이 있습니다.
생의 낙서가 있습니다.
황무지로 남기를 시위하며,
길들기를 거부하는 영혼이 있습니다.

변두리 카바레는 변두리의 인생,
인생의 진국을 맛본 사람만 출입이 가능합니다.
자기 생을 사는 사람들만 출입을 허용합니다.

변두리 카바레는,
아무나 들어올 수 없습니다. 쫓겨난 사람만 들어올 수 있습니다.
젊지 않은 점잖은 덫에서 빠져나온
격식과 행렬로부터 쫓겨난 남자나 여자만 입장이 가능합니다.

변두리 카바레는 변두리의 심장입니다.
변두리 카바레는 변두리의 두뇌입니다.
본부입니다. 늦은 심성들이 잠시 머물다 가는 곳이기도 합니다.

따스한 봄빛, 오후의 틈, 생의 여유.
분주한 장바구니가 한가를 얻고
잃어버린 정열 속으로, 불타고 있습니다.

# 05 　김밥 3개가 놓여 있었습니다

## ✺ 가

호기의 나이, 일 없는 게 일이 되었습니다. 세상이 우습고, 세상에 대해
할 말도 없어 사회로부터 격리 수용됐습니다.

절 밑의 절밥만 축내는 세월을 보내는데, 뜻 모르게 은사 스님이 문득 몸
을 벗고 내 곁을 떠나셨습니다. 저는 또다시 세상에 내팽개쳐졌습니다.
갈 데도 없고, 오라는 데도 없어, 발길 닿는 곳이 거주처가 되고, 쓰레기
통에 버려진 음식물이 한 끼 식사가 되었습니다.

배고픈 하루하루를 보내는데,
어느 날인가, 늘 다니는 식당가 골목길에서 낯익은 듯한 아주머니 뒷모
습이 보이며 김밥집 문밖에 김밥 3개가 놓여 있습니다.
공짜로 먹어도 되냐고 물어볼 것도 없이 그냥 먹었습니다.
"맛있었습니다."

이날 이후, 김밥집 주인아주머니는 김밥 3개를 밖에 꼭 내놓고 셔터문을
내렸습니다. 그로부터 안정적으로 지속적으로 김밥을 먹는 호사를 누릴
수 있게 되었습니다.

## ✳ 나

애인의 어깨에 손을 얹고 기분 좋게 취해 걷던 중년의 넥타이가 나를 보더니 자기 주머니 뒤지듯 애인의 핸드백을 낚아채 열고 만 원짜리 한 장을 꺼내 내 호주머니에 찔러 넣습니다.

"나 오늘 기분이 업 돼서 이유 없이 조건 없이 이 돈을 당신에게 주는 것이니 주워 먹지만 말고 부스러기 과자라도 사 먹으쇼."

고마워 몸둘 바 어찌할 바를 몰랐습니다.

나 같은 처지의 누군가가 있을 것이라는 생각이 들었습니다. 미니 슈퍼에 들어가 새우깡 몇 봉지를 샀습니다. 도로변 포플러 가로수 밑에 봉지를 뜯지 않고 새우깡을 놓고 갔습니다. 저녁 늦게 그곳을 다시 걸을 때 새우깡은 보이지 않았습니다.

# 06  목욕한 날

## ❋ 가

"석간이요, 동아·중앙·경향·신아·대한·서울이요."

"내일 아침신문, 조선·한국이요."

나이 어려서, 신문을 팔러 광화문 음악감상실 쎄시봉에 들락거렸는데, 고상한 취미를 가진 고상한 젊은이들이 이곳에 많이 모여드는 것 같았습니다.

여기서 누가 마이크를 잡고 '이데올로기….' 운운하기에 무척 어려운 말씀을 쓰시는구나. 여기 들락거리는 사람은 뭐가 달라도 다르구나 하고 감탄한 적이 있습니다.

오후 1시쯤이면, 동아일보사 뒷문 여유 공간에 각 일간지 석간신문이 모입니다. 이들 '일찍 나온 석간신문'을 받아 명동성당 입구까지의 모든 다방을 들러 신문을 팔았습니다. 다방을 선점하기 위한 신문팔이끼리의 경쟁으로 있는 힘을 다해 쏜살같이 달렸습니다.

찌는 날씨에 몸은 무겁고, 다리는 지쳤고, 팔아야 할 신문은 남아있고 땀을 흘리며 길바닥에 잠깐 앉아 쉬고 있었습니다. 이때 골목 한 모퉁이에서 여자아이가 다가와 옆에 앉더니 잠시 무슨 생각을 하는 듯 하다가 일어서며 제 손목을 잡아당겼습니다.

그리고 목욕탕으로 저를 데려갔습니다. '오늘은 쉬는 날' 이라는 팻말이 걸린 목욕탕 문을 열고 어깨를 당겼습니다. 깨끗이 청소한 텅 빈 목욕탕엔 맑고 빛나는 새 물이 담겨있습니다. 이태리타월도 갖다 주고, 비누도 갖다 주고, 물통도 갖다 주고, 등도 밀어주고, 묵은 때, 찌든 때, 절은 때를 씻겨내니 몸은 가벼워지고 마음은 날았습니다. 물장구를 치며 둘이 홀로되어 놀았습니다.

한 번도 사귀어 본적도, 말을 건네 본 적도 없는데 목욕탕으로 손을 잡아 이끈 그 여자아이.
쉬는 날의 목욕탕 주인은 여자아이이고, 여자아이의 부모님은 모두 이 목욕탕에서 안마사 일을 하는 시각장애인이셨습니다.

### ✺ 나
동아일보사 건너 현대건설 사옥 아래에 위치한 다방에 들어가 신문을 팔고 있었습니다.
다방에서 뚱뚱한 여성과 함께 앉아 한가롭게 차를 마시던 신사분이 눈을 찡긋하며 옆 탁자를 가리켰습니다. 재떨이에 구겨진 극장표 2장이 놓여 있습니다.

시계를 눈에 붙여 기다렸는데... 애인은 감감무소식, 바람맞은 것입니다. 화가 난 남성은 극장표를 구겨 재떨이에 내팽개치고 확 문을 열어젖히고 나갔습니다. 이를 지켜보던 아저씨가 저에게 이 표를 집어 가라고 눈짓했습니다.

다행히 남성은 극장표를 찢지 않아 잘 펴서 제가 꿈꾸는 미래의 천하 평정 검객, 무림 고수들의 화려한 액션 '돌아온 외팔이'를 아카데미극장에서 관람했습니다.

잠깐이나마 백두산 넘어 우수리강을 건너 우리의 잃어버린 옛 땅을 찾아가는 검객이 돼 푸른 들 파란 하늘을 맘껏 날았습니다.

## ☀ 다

신문만 팔다가는 미래가 없을 것 같아 시험 안 쳐도 들어갈 수 있는 야간 학교에 들어갔습니다. 첫 학기 시험에 머리 나쁜 제가 순전히 운으로, 전날 본 참고서 내용이 출제된 문제 덕분에 전교 수석을 해 장학금을 받게 되었습니다. 장학금을 받으러 복도를 걸어가는데 여선생님이 활짝 웃으시며, 가까이 다가와 다리를 걸고 넘어지며 안아주셨습니다.

여선생님은, 미모에 넋이 나가는 '멈춤시간'을 내게 존재케 하신 선생님이십니다.
첫 수업 문을 열고 들어오실 때 얼굴이 너무 이쁘셔서 제가 아닌 제 입술이 선생님을 향해 휘파람을 불었습니다. 약간 긴장한 듯한 표정에 노기를 띠시며 나를 불러내 한 움큼의 분필을 입 속에 넣게 하고 수업 끝날 때까지 물고 있으라고 하신 선생님이십니다.

학교를 계속 다니는 건 시간 낭비일 것 같아 학교를 그만두고 검정고시로 중학교, 고등학교 졸업장을 대신했습니다. 짧은 대학 시절이 있지만, '사유의 교도소'에 수감돼 주어지는 생각의 틀 안에서 뱅뱅 돌다 만 기억밖에 없어 얘기할 건더기가 없습니다.

철원 백골부대에서 군 생활을 했는데, 사고로 옷을 발가벗긴 채 담요에 둘둘 말려 헬기 날개에 달려 화곡동 국군수도통합병원에 위독 환자로 급송되었다가 마산병원을 거쳐 제대했습니다.

한때 공무원 시절에는 우정연구소 직원들과 같이 일했는데 이들이 하는 일이란 집권 세력에 걸리적거리는 인물들에게 발송되는 외국발 편지 뜯어 읽어보고 정보부에 연락하는 편지 검열이었습니다. 자세한 얘기는 생략하겠습니다.

몇 푼 안 되지만 스승님 노잣돈을 대드리며, 당시 스승님의 벗 봉우 권태훈, 한뫼 안호상, 백봉 김기추 등을 뵙게 되었습니다. 벗들과의 대화 중에 엿들은 기억나는 몇 마디입니다.

박정희를 만나 그에게는 "북악산이 남자의 성기를 상징하는데 청와대의 정력이 국가의 힘으로 나타나기도 하지만…," 하시며 웃어 주었다고 하시고, 김종필이 항명 전역하여 파고다 공원에서 떠돌 때 국수 한 끼 사주고 "앞으로 큰일을 맡아 해내야 할텐데 어찌할 것인지…," 하니까 김종필이 "한번 최선을 다해보겠습니다…" 라던 그의 말을 들려주고, 최규하가 대통령이 되었을 때는 "대주가 약해서…" 라고 걱정하셨으며, 청와대 내에서 전두환 경호원이 전두환을 저격한 사건에 대해서도 말씀하시고, 당연 김대중 몫이었던 대통령 자리를 박정희가 탈취한데 대한 김대중의 분노가 광주항쟁이라고 하시는 등의 말씀을 귀동냥했습니다.

# 07 꿀잠을 잤습니다

❋ 가

청년 시절, 한 말씀, 한 가르침 얻기 위해, 이절 저절, 이 교회, 저 성당, 큰 어르신, 큰스승 찾아 여기저기 돌아다니다, 시골 조그만 암자에 머물게 되었습니다.

어느 날, 노비구니 스님이 세상 바람 좀 쐬자며, 걸망을 메고 나섰습니다. 장도 둘러보고, 화개장터 재첩국수도 먹고, 밤이 가까워 칠불사에서 하룻밤 묵기로 하고 그곳 절로 향했습니다.

녹초가 되어 절에 도착해 지대방에 짐을 내려놓았습니다.
그런데 일이 발생했습니다. 밤이 깊어 졸리기는 한데 스님이 도통 주무실 생각을 안 하시는 것입니다.

주무실 것을 간청해도 스님은 꼿꼿이 앉아 도무지 꿈쩍할 기미조차 안 보입니다. 출가한 여자 중으로서 남자와 한방에서 잘 수 없다며 앉아 같이 날을 새야겠다는 것입니다. 손자뻘 총각이라도 안 된다는 것입니다. 기가 막혔습니다.

몸은 천근만근이고 잠은 쏟아지고 미치겠습니다. 한 이불 덮고 자자는 것도 아니고, 멀찌감치 떨어져 자자는 건데…, '자니 못 자니' 높은 소리가 오갔습니다.

큰소리가 나가니 옆방 공양주 보살이 문을 열었습니다.
자초지종을 듣고, 저에게 눈짓하며 스님을 포근하게 다독이셨습니다. 그리고 스님에게 간곡한 어조로 말씀드렸습니다.
"스님이 주무셔야, 총각 선생도 맘 편히 잘 수 있죠. 하룻밤 주무시는데 계첩은 잠깐 입천장에 매달아 놓으세요."
스님은 요지부동입니다.

공양주 보살이 성큼 들어와 스님과 나 사이에 앉았습니다. 그리고 스님을 향해 말했습니다.
"제가 이렇게 앉아 보호벽이 돼드리겠습니다. 스님이 안 주무시면 저도 안 자겠습니다."
자리를 뜨지 않고 스님과 같이 날을 새겠다는 말에 스님이 어이없다는 표정을 지으시더니 잠시 후 이불을 내려 펴셨습니다.

하룻밤 달디단 꿀잠을 잤습니다.

## ❁ 나
찬바람이 아직 머무는, 눈이 채 녹지 않은 산골짜기 이곳저곳을 스님은 다니시며 입에 가득 문 꽃씨를 '푸우~ 푸우~' 뱉어내셨습니다. 봄이 되면 꽃들은 봄바람을 타고 활짝 피어 골짜기를 아름답게 장식했습니다. 마을 사람들은 스님을 '푸우 스님'이라고 했습니다.

스님은 수각에 날벌레들이 날아들면 부채를 휘이휘이 저으며 "숲으로 가서 놀아라, 숲으로 가서 놀아라." 하며 어린애 달래듯 벌레들을 달래 숲으로 보내셨습니다.

'수행 중. 출입을 금합니다.' 라는 팻말을 세운 선방을 지날 때는 "문이 닫히는 것은 열릴 때를 기다리기 위함입니다." 하시며 주변 사람의 만류에도 기필코 수행납자를 만나 그들의 형편을 살피셨습니다.

## 08  교회 친구들과의 미팅

젊은 한때, 시골 읍내 교인들의 소규모 그룹 미팅에 참여할 기회를 얻었습니다. 이들은 정장이거나, 실내옷, 전투복, 운동복 등 제각각의 옷차림이었고, 영어, 중국, 개역한글, 공동번역 등등 들고 있는 성경도 제각각입니다.

대화 중에 어떤 남자 교우가 다소 짓궂은 표정을 짓자, "너 자꾸 까불면 나 팬티 내린다." 라는 여자 교우의 응수가 있는, 유머가 넘치고 폭소가 터지는 모임이었습니다. 교회의 틀을 벗어난 교인들이었습니다.

이들은 여호수아를 노래하면서도 시바가 데비에게 전한 112개의 시 '형상들로 충만하며, 동시에 모든 형상들을 초월하는….' 탄트라를 노래했습니다.

부활을 노래하면서 신선의 '불사(죽지 않는)의 몸' 성취에 대해 거침없이 그 초월적 존재의 자명성을 끌어냈습니다.

수메르문명의 시원 옛조선과 창세기의 기록에 대해, 동지 3일 후 태양의 부활과 예수 탄신일, 춘분과 부활절, 담무스와 십자가, 올림포스산 12명의 신 및 천체의 12 별자리 운행과 예수 12제자의 천문학적 접근을 이야기했습니다.

예수의 어머니 마리아에 대한 신앙을 말하면서, 싯다르타(석가모니 부처님의 출가하기 전 이름)의 어머니 마야 부인과 그의 며느리 야쇼다라의 기개에 대해서도 언급했습니다.

야쇼다라는 싯다르타와의 결혼 예물로 주위로부터 보석 등 값비싼 혼숫감을 준비할 것을 권유받았는데 이런 충고를 단호히 거부하고,
"내 몸을 혼수로 드리겠습니다. 내 몸은 그 무엇보다 값진 보석입니다."
하고 예물 없이 맨몸으로 혼인에 임했습니다.

그녀는 처음 궁전에 들어갈 때도 전통적인 왕실의 법도를 따르지 않고, 베일을 벗은 채 얼굴을 드러내 놓고 당당히 걸었습니다. 그의 대담성에 궁의 여인들은 다들 놀라고 당황했지만, 야쇼다라는 "흠도 없는 얼굴을 무엇 때문에 감싸느냐."며 혁명적 당당함을 보였습니다.

이들 교우는 폭넓은 명상과 사유체계를 구축했음에도, 신앙의 본질 '하나님'에 대한 경건한 믿음을 잃지 않고 지켜나갔습니다.
당시 나는 정신병자로 분류되어 정상적인 인간 대접을 못 받던 시기였습니다. 따돌림과 조롱의 대상이었던 제가 이들로부터 환영받으며 제 가치가 존중되었습니다. 기뻤습니다.

함께한 교우 모두는 활짝 웃는 하나의 꽃이 되어 봉별의 기쁨과 아쉬움
을 함께 했습니다.

후에 이들 중 한 명을 전철에서 다시 만났는데 말은 못 붙이고 그녀의 발
그레 변해가는 얼굴만 바라보다 헤어졌습니다.

# 09   산에는 절이 있어 얼마나 다행인지 모릅니다

인생을 오르듯이 산을 오르다 보면, 비탈길, 험한 길, 가파른 길, 아찔 길, 뻗은 길, 굽은 길, 궂은 길, 헬 수 없는 길을 만나며 헐떡이고, 피곤하고 지치고 배는 고프기 마련입니다. 그때마다 쉴 곳이 되어주고, 허기진 배를 채워줘 산행을 즐겁게 마칠 수 있도록 곁부축하는 곳이 산사입니다.

제가 소년 시절 산에 오를 때에, 절에 꼭 들른 이유는 부처님을 만나기 위해서라기보다는 순전히 산속절 공양주 보살님이 차려주는 밥이 맛있고, 그 밥을 얻어먹기 위해서입니다.

절에 도착하면 법당을 거치지 않고 공양간(주방)에 제일 먼저 들렀습니다. 공양 시간이 다 끝났는데도 보살님은 공양간 문을 살짝 열고 한쪽 자리를 내주셨습니다. 당시에는 낯설고 무섭기까지 했던 부처님께 절하기보다는, 반갑게 맞아주는 공양주 보살님을 먼저 뵙고 공양주 보살님에게 인사하는 게 더 즐거웠습니다.

돈 주고 사 먹는 밥보다, 공짜로 먹는 밥, 훔쳐 먹는 밥이 더 맛있기 마련입니다. 공양주 보살님은 공양 시간이 지났는데도 불구하고, 스님 눈치 볼 것 없이 작은 상을 들고 "소찬입니다." 하시며 허기진 배를 돌봐주셨습니다.

'공양 시간이 끝난 뒤에는 아귀의 입도 돌아보아서는 안 된다.' 라는 서릿발 같은 계율을 어기면서 공양간 한쪽에 밥상을 차려주셨습니다.

자주 절밥을 얻어먹으면서, 어느 날 공양주 보살님에게 줄 선물을 마련했습니다.
시은에는 보은이 반드시 따라야 한다는 인과응보의 빡빡한 회계적 개념에서 선물을 준비한 게 아니라, 베푸는 고운 마음과 갚으려는 고운 마음이 하나가 되어 기쁜 율동으로 서로의 가슴에 담기기를 바라는 마음에서입니다.

공양주 보살님의 방에 한번 들어가 본 적이 있는데, 방의 벽에 '寂滅爲樂'적멸위락이라는 한지에 써진 글씨가 붙어있습니다.
이 구절이 참 좋았습니다. 영화 감상, 음악 감상의 즐거움을 말하듯이 적멸을 하나의 즐거움으로 수용했습니다. 고행을 깨달음의 궁극에 이르는 수단으로만 생각하지 않고, 고행 자체를 즐거움으로 수용하고자 하는 수행자의 의지도 담겨있는 글귀입니다.

산의 정상에 도달하는 것도 중요하지만, 한 걸음 한 걸음 산을 오르는 그 걸음을 즐기는 것도 중요합니다. 산의 등정에만 목적을 두는 것보다는, 산과 하나 되어 산을 즐기는 것이 더 좋습니다.
불교의 연꽃은 '화과동시花果同時'입니다. 연꽃은 피면서 열매를 맺습니다. 불교의 가르침은 노력의 결과 과실을 따 먹는 것에서 그치지 않고 노력 그 자체를 즐기도록 합니다. 이 세상을 극락으로 만듭니다.

# 10  곤계란집 아주머니

스승님이 머무시는 봉천동으로 지혜의 강의를 들으러 갈 때면, 사당동 버스 종점 차고지 옆 곤계란 주막집을 지나게 돼 있습니다.

21일을 넘겨 병아리로 부화 직전의 곤계란 한 소쿠리를 큰 양푼에 넣어 삶아 술안주로 내놓고 파는 솜씨 좋은 곤계란집 주모는, 부화 직전 21살 총각 다루는 솜씨가 대단한 분이십니다.

신령한 쑥 수컷이 하나로 일어서면 암컷 마늘이 둘로 벌려 받아들이고, 7이 3번 변화한 21일 지나고, 백일이 되면 온전한 인간의 정신이 들어서네. 이것이 창조의 신비일세. 음은 변화할 수 있고 양은 변화할 수 없어 음의 상징인 곰은 인간이 되었고, 양의 상징인 범은 인간의 몸을 얻지 못했네. 이것이 일연의 단군사(史)화라네, 라는 등 단골 노객들과 노닥거리던 주모가 갑자기 고개를 돌려 나를 주시하며,

* '단군신(神)화'라는 말은 어느 곳 어느 사서에도 없는 말로 조선총독부 조선편수사회 '이마니시 류'가 1921년 만들어 그의 박사 논문 '단군고'에 첫 사용.

"쌍가마에 쌍근심 있어요!" 제 숨겨진 고민을 꿰뚫어 차는 말씀을 하시는 것이었습니다. 사실 저는 그 당시 두 여자와 사귀고 있었는데 두 여자 모두 놓치고 싶지 않아 무척 고심 중이었습니다.

42

이 호통을 가르침으로 받아들인 후, 곤계란집 아주머니와 더욱 가깝게 되었습니다. 하루는 술을 마신 후 술값을 내지 않을 목적으로,

"아주머니는 제 어머니이십니다. 어머니한테 돈 내고 술 마시는 아들이 어디 있습니까?" 하며 자리를 털고 일어서자, 이 어머니의 답변이 일품입니다.

"어머니 집에 들러 바로 자리를 뜨는 사람이 어디 있어, 한숨 자고 가요."

꼼짝없이 서너 시간을 주저앉아 있어야 했습니다.

이 집에는 이상한 사람들의 출입이 잦았습니다. 하루는 허름한 옷을 입은 사람을 어머니는 건설회사 회장이라고 소개하며 따라가 보라고 했습니다.

회장님을 따라 도착한 회장실은 신선의 집같이 진귀한 물건들이 많았습니다. 벽에는 흰 호랑이가 험준한 산마루를 날아 뛰어넘는 커다란 비호 그림이 걸려있고, 중앙에는 전체를 품는 듯한 표정의 단군상 액자가, 그 앞에는 단군상보다 작게 불상이 놓여있고, 그 앞에는 모기향이 향로의 향처럼 피어오르고 있었습니다. 벽 한 귀퉁이에는 예수님 얼굴을 그린 액자가 걸려있습니다.

서랍을 열기에 무엇이 들어있을까 궁금했는데 텅 빈 서랍에서 흰 양말 한 켤레를 꺼내시며 신으라고 하십니다. 신고 있던 양말을 벗고 새 양말로 바꿔 신었습니다.

조금 있는데 아름다운 한 중년 여성이 들어왔습니다.

"어떻게 왔느냐?"라는 회장님 질문에,

"두발 달린 짐승이 어디는 못 가." 하며 홍조를 띠셨습니다. 두 분의 포옹을 오래 지켜봤습니다.

다음 날 회장님이 라면을 끓여 주시기에 같이 맛있게 먹었습니다. 밖의 비가 멈추니, 나가란 말은 하지 않고 "비가 그쳤지." 하며 문밖을 향하셨습니다. 인사를 하고 헤어졌습니다. 며칠이 지나 그곳을 다시 방문했을 때 사무실도 회장님도 찾을 수 없습니다.

또 한번은 어머니의 손가락 지휘봉을 따라 한식집에 들어갔습니다, 마침 두 분 스님이 복전을 들고 탁발을 왔는데, 두 분 스님의 얼굴이 각각 다른 표정으로 괴상스러운 데다, 한 스님은 무척 키가 크고 옆에 스님은 키가 무척 작아 매우 우스꽝스러운 그림이 연출됐습니다.

두 스님이 두들기는 목탁 소리는 한 허공을 이루고 빈 가슴을 채우며 청아한 울림의 외침으로 들려왔습니다. 식당 주인은 천 원짜리 한 장을 눈을 흘기며 시주함에 쑤셔 넣었습니다.

이 주막집에는 이인 괴짜들이 많이 들락거렸습니다. 두세 월을 지나 그곳을 다시 찾았을 때, 주인은 바뀌고, 어머니는 찾을 수 없습니다. 청양으로 거주처를 옮기고 이곳에 정을 붙일 즈음에 발송처가 적히지 않은 소포를 받았습니다. 두툼한 털 잠바가 담겨있습니다.

"어머니가 사준 겨울옷 한 벌 입어보고 싶다." 라고 언젠가 곤계란집

어머니에게 말한 기억이 떠오릅니다. 주신 이 옷을 겨우내 벗지 않았습니다.

# 11    북한산 계곡

별스럽지도 않은 사실들이 종교라는 그릇에 담겨 과장되고 포장되어 시중에 팔리고, 상식들은 그들만의 은어로 세공되어 난해한 무슨 무슨 학으로 둔갑해 고달픈 수업 일정을 만들어 냈습니다.

사유의 감옥 강의를 듣고 나서, 경복궁 돌담길을 돌아 통의동을 앞에 두고 청와대 앞길을 걷습니다. 한때 밤이 늦어 이곳 통과가 어려웠는데 경호원의 경호 수칙을 어긴 배려로 살짝 이 삼엄한 길을 눈감고 지나 자하문 고개를 넘어 스승님이 계신 홍은동에 당도하기도 했습니다.

휴일이면 스승님의 미소를 만나고, 북한산 산행을 즐겼습니다. 삼각산 계곡 물줄기를 따라 오르는 길, 앵두나무의 빨간 열매는 신선 세계의 맛이었습니다. 안갯속 이슬 맺힌 청초한 여성 자궁의 맛 그대로입니다.

가끔 계곡 뜰바위에서 굿녀들이 굿판을 벌이는데, 굿판을 벌이기 전에 계곡물에 몸을 맡겼습니다. 거리낌이나 망설임 없이 아래위 속옷을 홀딱 벗고 목욕했습니다. 그 벗은 몸이 아름답고 그 묘한 살냄새가 멀리서까지 느껴지며 강력한 유혹으로 다가왔습니다.
더위도 식히고, 계곡에 뛰어들어 같이 목욕도 하고 싶었지만, 그런 용기

46

가 나에게는 준비되지 않았습니다. 계곡 선녀탕에 몸을 담그는 일과 그 풍성하고 황홀한 함몰의 경계는 나중까지 허락되지 않습니다.

굿판 뒷자리에는 돼지머리, 시루떡, 북어포 몇 개, 나물 몇 종류가 남아 있기 마련입니다. 조상 제사 음식도 잘 먹는 편이 아닌데, 어느 땐가 굿 녀들이 멀리서 손을 들어 시루떡 몇 조각 집어주기에 산을 오르며 그럭 저럭한 맛으로 먹었습니다.
사십여 년 지나 그곳을 다시 찾았을 때, 그 많던 무당집도 사라지고, 풍 부했던 수량 계곡물도 작게 흐르고, 세련된 진보문명에 의해 잘 차려진 미끈한 등산복의 일자산행 행렬만 눈에 걸립니다.

스승님의 처소에는 귀신 들린 자녀를 둔 사람의 하소연이나, 눈이 툭 튀 어나온 기형아의 푸념, 정신 나간 소녀를 데리고 온 분의 탄식 등이 도움 을 요청하며 스승님을 기다렸습니다.

스승님은 당시 서울대 물리 교수로 재직 중이던 제자와는 다른 방식으로 물질의 기본 구조를 도해하고 이를 나에게 그냥 보여주시기만 하셨습니다. 아침에 뵐 때는 본인이 쓴 『천부경 해석』 인쇄물을 복기하며 계시기도 하고, 낮에는 종로 한국기원에서 바둑을 두시며 세속의 규범과 세상의 변역을 읽으며, 눈 감은 세월을 보내시기도 하셨습니다.

가르침의 가방을 들고 함께하는 귀갓길, 첫 개시를 기다리는 창녀 집 골목길을 지나실 때는 창녀들 방안 깊숙이 눈도장을 찍고 그들의 친한 친구가 돼주셨습니다.

결코 늦춰지거나 부족함 없이 지혜의 가르침은 거듭되는 세대의 밝은 눈이 되어, 새 세기의 희망으로 나침반으로 존재하심을 믿으며, 홍은동 북한산 선녀탕의 그 풍만한 물, 심장에 몸과 마음을 담가보고 싶은 마음이 휴일의 불쏘시개로 여전히 남아 자리하고 있습니다.

# 12 쾌락의 추억

얼이[섹스] 그 얼마나 하고 싶었으면 밤낮으로 해와 달이 번갈아 뜨는가!

행려병자로 구석 모퉁이는 어디든 잠자리였던 시절, 서울역 맞은편 양동은 창녀촌이었습니다. 전에 없던 자신감으로 가벼운 비를 맞으며 이곳을 걷는데, 한 녀석이 심심했던지 몸을 부딪치며 시비를 걸고 내 아구창을 날렸습니다. 그리고 기운껏, 소신껏, 맘껏 나를 갈겼습니다.

부스의 유리창을 동전으로 두들기며 손님을 끌어당기던 아가씨가 불 튀듯 튀어나와 녀석을 가로막고 불쌍한 나를 끌고 그녀의 방으로 데려갔습니다. 그리고 엎어지며 방에 눕혔습니다.
이 여자의 상처 치료법이 특이했습니다. 아까징끼를 발라주는 대신 한 수다, 한 말씀, 한 노래로 상처를 치료했습니다.

'구지가'의 '거북아, 거북아 머리를 내놓아라.'에서 거북의 내민 머리는 남자의 발기된 성기를 상징하는 말이라며,
"모시야 적삼 시적삼에, 분통같은 저 젖 봐라. 많이 보면 병난다네, 살금 살금 보고 가자." 라는 청양 민요에, 이 지역 저 지역 민요를 갖다 붙여 노래하고,

남자(동정남)의 벗겨지지 않은 자지 껍데기를 여자의 보지로 깔 때 나는 소리가 '쌩좆 까는 소리'라고 하고, 남자가 좆 물을 쏟는 행위를 '천기누설'이라고 하고, 자신의 몸을 불태워 상대에게 바치는 소신공양이 얼이 [섹스]라며,

자지가 씹구멍을 뚫는 공사에는 19년이 걸리지만 우리는 단 몇 년 만으로도 가능하다는,

'꽃은 밤비에 피고, 이내 가슴에 붙은 불은 누가 꺼나주나. 겉이 타야 남이 알지, 속이 타니 누가 알랴. 밤만 되면 불이 붙네 청춘과부 못 살 내라, 이내 몸에 누가 화답할까.'를 꺼진 불 되살리듯 노래했습니다.


여성이 몸을 기꺼이 바치는 일은 신전의 남녀집단 종교제의이며, 한 남자의 한 물건만 평생 우러러 바라보며 봉사해야 하는 여성들의 한을 자신이 대신해 풀어주고 있다는…. 자신의 위치를 확고히 다지는 여러 발언과 함께,


고대 수메르인은 봄마다 수태 준비를 마친 대지에 씨를 뿌린 뒤 탐무즈 부활제를 올렸는데, 이때는 모든 아내가 자기 남편뿐 아니라 좋아하는 다른 남자와도 잘 수 있는 권리를 남편에게 인정받고 자유롭게 사랑의 상대를 선택할 수 있었다고 말하고,

고대 부족 트라키아인 여자들의 경우 미혼인 시절에는 성 개방이 무척 자유롭고, 일단 기혼이 되면 철저하게 절제해야 하는 풍속이 있다며 현대의 도둑맞거나 잃어버린 성문화를 개탄했습니다.

미소를 담은 그녀와의 한가로운 소담은 소독제의 역할을 훌륭히 수행해 아픈 상처는 씻은 듯이 나았습니다.

'세상의 모든 여자를 다 잡아먹고 극락 가겠다.'라고 하는 남자 친구의 성 법문을, 흉을 보는 건지, 칭찬하는 건지, 자랑하는 건지 여러 말 틈에 섞어 추가했습니다.

일본의 한 창녀가 변호사로 변신했다는 묵은 뉴스를 가슴을 뒤져 전하며, 자신은 변호사가 되겠다는 등의 신분 하강 곡선을 그리지 않겠다고도 했습니다.

가벼운 방망이 몸짓 휘두름 속 그녀의 구멍에 돌직구를 넣었습니다. 쾌락의 정점에 이르고, 긴 휴식이 찾아왔습니다. 환희와 평안을 겸비한 극락세계로 여행입니다.

하루 따스한 밤을 보냈습니다.

여체를 다루는 기술자,
한 바람둥이가 열 여자 구합니다.

# 13 경상도 산청 산골

추운 나이에, 누구나 주인이 될 수 있는 헐고 낡은 선가에, 뜻밖의 인연으로 만난 아주머니와 잠시 머문 적이 있습니다.
특별히 주어진 일도 없고…. 산이 품고 산이 숨겨둔 생명들과 만나며 시간을 보내고 있었습니다.

늘 그렇듯이, 알 수 없는 존재들이 물어다 주는 소란을 귀한 말씀으로 섬기거나, 혹은 쓰잘머리 없는 잡소리로 피해 보기도 하면서 시간을 보냈습니다.

고요의 숲에서 울울창창 나무숲이 자라고 형형색색의 꽃이 피듯이, 적막의 놀이터에는 끝없는 빛과 바람과 번개의 사유들이 번뜩이거나 스치거나 비추기도 합니다.

희망의 언어가 되기도 하고 절망의 언어가 되기도 하는 어떻게 보면 허공이 빚어내는 이 할 일 없는 소요를…. 이 소요를 비질하듯 청소하는, "총각의 나에 대한 믿음이 나를 보호하고 여물게 한다."라는 아주머니의 한바탕 말씀들과 더불어 차려온 식반으로 요기 행위를 마치고,

가끔 읍내 장터에 시간을 대 나갔습니다. 십 원짜리 하나 없는 빈털터리

에 주변머리 없고, 속에 알이 없는 처신으로 낯선 인간 대접을 받으며, 귀동냥 눈동냥으로 장의 풍경을 즐겼습니다.

습관이 무섭습니다. 산속의 크게 나물데 없는 언어들을 담아두고 새겨듣고 의미를 부여하고 감동을 입혀 즐기는 것이 버릇이 된 탓에…. 마을 사람들이 무심히 내뱉는 한마디 한마디들도 오랜 옛적의 맛과 멋이 농축된 성스러운 경전의 말씀이 되어 탄복의 향기를 자아냈습니다.
세상을 일구고 가꾸어 가는 힘에 대한 말할 수 없는 경외감을 전신으로 느끼며, 해지기 전 집에 돌아왔습니다.

마을을 건너 산집에 돌아갈 때, 빈손으로 들어가는 것은 아무래도 아주머니에 대한 예의가 아닐 것 같아, 가진 돈은 없고 해서 한참의 고뇌 끝에 예쁜 돌멩이를 하나씩 주워 들고 가기로 했습니다.

아주머니는 처음 본 사람 대하듯 웬 사람이 왔냐고 고개를 젖혀 웃으시며 내미는 돌멩이를 받아 쥐고 '이런 돌은 아무 쓸모가 없어요. 듬직하고 단단한 돌멩이를 찾아 들고 오세요.' 하시는 것입니다. 부끄러웠습니다.

이렇게 장마당으로부터 돌아올 때마다 주워 모은 돌멩이가 모여 한 무더기가 되었습니다. 아주머니는 이 돌들로 화단을 꾸몄습니다.
화단에 분홍·노랑·보라·빨강·파랑·주황·하얀색 꽃이 아름답게 피었습니다.

# 14    찬양

믿음의 언어가 소중한 시기입니다. 노숙자로 덧없이 보내던 때,

* 理은 櫃가 되고 數는 櫃內에 物이니 理를 算하는 法이 二帝后(환제, 단제)로 世에 傳하지 못하
  고 오직 檀帝의 一神敎訓의 法이 猶太國에 들어가서 그 나라에 宗敎가 되었다. 敎名은 一神敎
  니 三神事記의 義가 東西洋에 流布하여 人類에 信仰이 되고 感化를 시키는 것이다.

여의도에 있는 한 대형 교회에서는 야간예배가 늘 있습니다. 잠자리 얻기가 쉽지 않을 때 이곳 장의자에 몸을 눕히곤 했습니다. 밤 예배에는 신도들이 많지 않아 의자에 여유가 있습니다.

이곳에서는 교인이기도 하고 그렇지 않을 수도 있는, 막 잠에서 깨어난 듯한 산발 머리에 부스스한 옷차림으로 신발짝을 베개 삼아 바닥에 누워있거나, 꿈을 꾸고 있는 듯한 표정으로 구석에 쪼그리고 앉아있는 분들의 모습이 자주 눈에 들어옵니다.
신자들이 "세수라도 하고 오시지요!"라며 꾸짖고 나무라면, '하나님은 우리 일을 다 아신다.'라며 오히려 꾸짖는 이들을 책망합니다.

하루는 장의자에 길게 누워있는데 한 젊은 남자가 옆으로 다가와 무릎을 꾸부리고 내 엉덩이를 주물럭거리더니 몸을 밀착해 그곳에 그것을 갖다대고 몸을 떨며 따뜻한 열기로 등을 껴안았습니다.

놀라 뿌리치며 "무슨 짓이죠?" 격양되자 그 사내는 멈칫하더니 돌아섰습니다. 이를 지켜보던 권사님이 그 사내를 나무라기보다는 어이없게도 나를 나무라는 것이었습니다. 의아하고 어처구니가 없었습니다. 화를 참으며 몇 마디 하려는데,
'믿음만이 믿음만이 능력이라 하시네.'라는 찬양이 가슴 깊은 곳에서 울려 나왔습니다.

이 일이 있은 후 저에게 작은 변화가 생겼습니다. 같은 극끼리는 밀쳐낸다는 척력만이 존재해, 꼴에 남자라고 여자만 바라보던 시선이 남자에게도 향했습니다.
남성 간에도 의리 우정에 못지않은 따뜻한 거래가 있을 수 있음을 확인한 고귀한 경험이었습니다.

장의자 잠결에 들려오던 찬양,
'주에 친절한 팔에 안기세….'
주가 인도하는 길에 믿음을 갖고 걷다 보면 삶에 긍정적인 변화가 옴을 깨달았습니다.

시간이 지난 지금,
'주에 따뜻한 품에 안기세, 주에 넉넉한 품에 안기세.' 구절을 창작해 덧붙여 부르던, 생면부지의 아저씨가 나를 자신의 교우라며 번쩍 들어 안아주던 옛 추억도 동시에 떠오릅니다.

'마음에 가득한 의심을 깨치고 지극히 화평한 마음으로….'
'주 예수와 동행하니 그 어디나 하늘나라.'

주께서 믿음을 세워주시니 세상에 그 어떤 두려움도 없습니다.
교인들에게 격려의 박수를 보냅니다.


암컷도 젖을 빱니다.

## 15   일산 뒷동산 광장에 사람들이 모였습니다

더불어가는 나이 육십에 일산 주엽 아파트에 산 적이 있습니다.
이곳 동네 놀이터를 지나 야트막한 동산 벤치에 앉아 기다리면 잠깐의
시간들이 모였습니다.

### 가
벤치에 맥없이 앉아 있는 할아버지 옆에 한 엉덩이가 큰 중년 여성이 붙
어 앉아주더니 노인에게 물었습니다.
"천 원짜리 돈하고 오백 원짜리 동전을 합하면 합이 얼마죠?"
노인이 대답했습니다.
"만 원"
여성이 말했습니다.
"맞습니다. 정답입니다. 어르신에게는 그게 정답이고, 저에게는 준비된
정답이 따로 있습니다. 큰 엉덩이 천원, 작은 엉덩이 오백 원 합이 천오
백 원입니다."

### 나
젊은 사람은 피하고 힘없는 노인들만 골라 폭력을 행사하며 이 재미로
낙을 삼아 살아가는 노인이 있습니다.

주위 사람들의 거친 비난도 피하고, 폭력의 구실을 만들기 위해 먼저 취하는 행동이 있습니다.

웃통을 벗어젖히며

"야, 최 선생 기분 풀어, 여기 내 배 쎄게 때려봐."

최 선생이 잠시 머뭇거리며, 갖다 대듯 주먹으로 치면

"최 선생, 때릴 땐 이렇게 때리는 거요."

최 선생의 배를 힘껏 휘갈겼습니다.

## ✷ 다

사람들이 모이면 그들 주머니를 뒤지는 습관의 젊은이가 있습니다. 가물가물 노인들이 주 대상이었는데, 이들이 항의하면,

거친 목소리로 그는,

"내가 앞으로 맛있는 것 엄청 많이 사주려고 그러는데, 그 쬐만한 것 훔쳤다고 그러시면 안 되죠."

## ✷ 라

"할아버지 몇 살이세요?"

꼬마 아이가 어머니의 손을 잡고 할아버지의 행색에 눈을 떼지 못하며 노인 귀 가까이 물었습니다.

할아버지가 대답했습니다.

"삼십 더하기 사십 살."

꼬마 아이,

"?…."


"삼십 청년 한 명, 사십 청년 한 명 둘이 모인 나이 일흔 살이란 말이다.
이 꼬맹이 선생아!"


### ✹ 마

"작은 잘못은 그럭저럭 넘겨보라고, 면류관 앞부분에 임금님 눈을 가리
는 아홉 개 줄을 달고, 줄마다 아홉 개 오채 구슬이 흔들리네. 사소한 문
제를 시빗거리로 삼아 일삼지 말게. 모든 것을 다 아는 무불통지의 사람
과는 나눌 대화 공백이 없네. 말이 많으면 쓸 말이 적네. 말은 분노를 만
드네. 지식이 넘쳐 인품이 망가지는 일은 없어야 하네. 성인군자 영웅호
걸을 이기기 위해서는 똥문은 얼굴이 필요하네. 같이 어울리는 게 평등
일세."


"비누 때는 누가 씻어주나. 조선 왕조를 세운 무학대사는 500년이 지난
후 자신은 이하응으로 이성계는 고종으로 몸을 바꿔 태어나 왕업을 마무
리했고, 북한 정권을 세운 김일성의 또 다른 몸인 김정은 그에 의해 북한
정권은 마무리되고, 새로 등장한 세력과 남북통일의 과업은 성취되지 않
겠나. 천 년 전에 설계한 대로 지금 삶이 진행되고, 지금 삶이 천년 후의
삶으로 나타난다네. 천년 후의 삶을 고려한 선택이 중요하고, 지구의 쇠
멸에 대비해 이웃 별로의 이주를 위한 문명도 준비해야 할세."

"지혜 있는 사람 셋으로 한 나라의 경영은 충분하고, 세계 경영에는 다섯 사람의 지혜로 충분하네, 그렇게 많은 사람이 필요한 것은 아닐세."

"힘들수록 매력적인 고지가 된다네, 내가 내 삶의 주인공이 되려면 내가 누구인지부터 알아야 하네. 누구로부터 보다도 진리로부터 대접받기를 원해야 하네. 수학적 원칙과 수학적 지성이 인류문명을 가꾸어가고 있는 걸세."

"모든 여자가 미녀이면 미녀가 사라지네. 삶의 물을 위해서는 팬티를 입어야 할 때 벗고, 벗어야 할 때 입는 슬기가 있어야 할세. 어느 계곡 어느 한 웅덩이 물을 방망이로 휘저으면 그 동네 온 처녀가 바람난다는데, 이 동산 우물은 어디 있는가? 자! 이제 나는 또 다른 얼이[섹스] 맛을 찾아 구경천리 떠나겠네," 하며 자리를 뜨는,

완벽한 것 저주를 받는다, 거기에 변화가 끼어들 틈이 없기에. 곧고 너른 홍범구주의 가르침이 펼쳐지며, 진리를 모두 깨달아 알면 간단하고 쉽게 파악되는 우주와 인생 운행 법칙에 놀라 세상살이가 싱거워진다는, 결혼한 경험이 없어 결혼을 못했다는 귀 닫고 듣는 도가리와 고담준론, 뻔한 얘기지만 아무도 모르는 얘기들이 오가기도 했습니다.

# 16   중화요리 보조요리

산을 나와 떠돌다 멱살을 잡혀 정부종합청사 맞은편 중화요리 반점에 끌려갔습니다.

첫 대면이 고약했습니다. 요릿집 문을 들어서는데 종업원 셋이 달려들어 이유 불문하고 걷어차며 강편치를 날렸습니다. 영문도 모른 채 정신을 잃을 정도로 얻어터졌습니다.

주방에 들어가서도 도무지 할 일이 주어지지 않았습니다. 무슨 일이라도 해야 할 것 같아 식재료나 요리도구를 집어 들면 칼등으로 등허리를 후려쳤습니다. 조미료통이 비어있어 채우려 들면 중화 프라이팬으로 팔을 내리쳤습니다. 피멍이 들었습니다. 몇 마디 말이라도 건넬라치면 침 튀긴다며 행주가 날랐습니다.

주방 풍토를 경험하고, 손님 테이블로 나와 홀 서빙 일을 시작으로 반점의 직원 자격이 부여됐습니다.

경상도는 맵고, 전라도는 짜고, 충청도는 시고, 경기도(서울)는 싱겁고, 강원도는 달다. 이 모두를 모아 만든 맛이 겨레의 맛이다.  중국의 땅에서는 광둥은 달고, 사천은 맵고, 산둥은 짜고, 산서는 시고, 북경은 싱겁다는 말도 함께 덧붙여 주는 '칼판'이 베푸는 가르침,

중화요리의 기본 사상은 신선의 불로장생 사상으로 살아있는 생물만 다룬다는 것, 그저 걸신들린 듯 아무렇게나 흥겹고 즐겁게 먹는 게 중화요리의 식사법이라는 것, 선계에서는 죽은 사람 똥오줌도 요리 재료로 사용한다며 중화요리사는 기고, 업고, 나는 어느 것 하나 버리지 않고 남김없이 요리 재료로 사용할 줄 알아야 하며, 중국 가정에서 요리는 남자 담당이라며 주방 일이 여성의 일로만 여겨지는 한국 현실을 책망하고 개탄하는 '철가방(배달)'의 일장 훈시를 필두로,

러시아 전역의 귀부인과 알렉산드라 표도로브나 황후에게 '신의 사람'으로 불리며 이들의 호감을 독차지했던 라스푸틴, 로마노프 왕조 마무리 대열의 합류자 떠돌이 수도승 라스푸틴의 식탁을 담당한 요리사가 푸틴(현 러시아 대통령)의 할아버지 스피리돈 이바노비치 푸틴(1879~1965)이고, 그는 니콜라이 2세의 뒤를 이어 등단한 레닌과 레닌이 죽은 후 홀로 남은 부인과 부인의 자매 그리고 스탈린에 이르기까지 그들 모두의 식탁을 책임져 별들이 세기의 임무를 완수하는 데 혁혁한 도움을 주었다는 '라면(면 담당)'의 몸풀기 흥작법을 더불어 듣고,

그리고 나를 뚫어지게 쳐다보며, 절 총림에서 제일 막중한 소임을 맡은 사람은 방장도 조실도 유나 강백 한주 주지도 아니고 이들 모두의 생명 유지 보존 줄을 책임진 공양주라는 지당할 수도 있는 '불판'의 쏘는 가르침을 듣고,

서태후는 나들이를 할 때 100여 명의 요리사를 대동했다며, 대자연이 인간과 한데 어울려 빚어내는 위대한 요리를 별생각 없이 받아먹고 있다는 감사문화 부족을 개탄하는 '지배인'의 최종 마무리 발언으로 반점의 일과는 시작됐습니다.

요릿집 뒷문을 열면 「4·19 혁명 동지회」라는 간판이 걸린 조그만 방이 나오고 방 옆에는 재래식 화장실이 딸려 있습니다. 요리 가족 모두가 일을 보는 화장실인데 한때는 노크 없이 문을 열었다가 마침 팬티를 내리는 여성 알바의 '나 살려'라는 소리를 듣고, 주책없이 불뚝 선 물건을 어쩌지 못하고 뒤뚱뒤뚱 걸어가며 가까스로 몸을 추스른 적도 있습니다.

한 달이 지나 나에게는 뻔한 귀결이지만 돈 한 푼 받지 못하고 택시에 강제로 태워져 또 다른 산구석으로 쫓겨났습니다. 후에 그 반점을 다시 찾았을 때 주인은 바뀌었고 그 여럿이든 종업원도 다 사라지고, 사장 겸 종업원인 듯한 사람만이 혼자 남아 마늘을 까고 앉아 있습니다.

# 17   서울역 추억

신의 제단에 바쳐져야 신의 맛을 즐길 수 있습니다.

신선이 먹어줘야 신선의 신묘한 맛을 즐길 수 있습니다. 仙을 파자하면, 신선神仙은 산에 숨어 사는 사람이 아니라, 산과 같이 우러러 볼 사람입니다.

서른 서툰 나이에, 세상 모든 삶을 차별 없이 수용하며, 세상의 모든 이들을 스승 삼아 떠도는 삶을 선택했습니다.

직장을 나와 서울을 벗어나기 위해 서울역에 도착했습니다. 그런데 서울역 거지들이 발목을 잡았습니다.

바닥에 신문지를 깔고, 소주와 생라면을 씹으며 떠들던 사람 중 한 사람이 음식의 일부를 가져오며,

"형님 술 한잔하십쇼." 하며 동석을 권했습니다.

이들의 갸느스럽게 뜬 눈빛 지침에 따라 하루의 일과는 시작되었고, 이들의 도움으로 먹고 자고 입는 일을 해결했습니다.

이들은 주로 대합실에서 양아치질로 세월을 보내는데, 소주병을 대합실 바닥에 세게 던져 깨트리거나, 팔목 등을 칼로 긋는 자해를 하거나, 동료 간에 주먹을 날리거나, 아무 데서나 바지를 내리고 소변을 보고, 여자 꽁

64

무늬를 뒤쫓아 치마를 걷어 올려 들추어 보는 등의 행패를 부리며 불안한 분위기를 조성하여, 불안한 마음들은 구걸 행각에 별 저항을 보이지 않고 '구걸헌금'에 동참했습니다.

이곳 신참 똘마니가 되어 이들이 얻어온 음식을 먹고, 이들이 구해온 박스를 깔고 신문지를 덮고 잠을 잤습니다. 이런 안정되지 않은 겁먹은 불안한 생활이 오랜 기간 지속되었는데 여기서 벗어나고자 하는 어떤 의지도 나에게는 없었습니다.

그런 어느 날, 충무로 길을 걷는데 그림처럼 한 신사가 다가왔습니다. 그는 한쪽 눈의 눈알을 꺼내 손가락으로 들고 쏘아보다가, 피던 담배를 나에게 물게 했습니다. 담배 연기를 깊숙이 빨아들이니 전신이 진동하며 눈에 힘이 들어가기 시작했습니다. 천년 묵은 구렁이 기운이 스며드는 듯한 느낌이 들었습니다.
기적이 일어났습니다. 나를 겁 먹이던 녀석들이 나의 눈빛을 보고 고개를 숙였고, 마주치는 모든 사람도 내 앞에서는 고개를 숙이며 걷는 것입니다.
그 이후로 두려운 일이 생기면 나는 애꾸눈을 떠올리게 되고 그러면 두려움이 사라집니다.
돌아가신 스승님도 한쪽 눈을 늘 감고 계셨습니다.

**서울역 대합실에서 숙식을 함께하던 걸반들과 나눈 대화가 떠오릅니다.**

"자네는 여기 왜  있는가."라는 한 놈의 질문에, 마누라 찾으러 왔다며 하는 말이,

"사실, 내 마누라 도둑질한 놈 그 녀석의 좆이 내 좆보다 커." 하며 헛웃음 치고 심심초 한 개비 건네던 녀석, 그 모습이 가끔 일어납니다.

# 18  빅데이터 분석가인 후배 벗에게

초로,

심심한 날의 오후, 현 세기의 유망 직종 빅데이터분석가인 어린 후배 벗이 요즘 어떻게 지내고 있는지 궁금하고….

더불어 몇 가지 기억을 떠올렸는데, 별다른 뜻은 없고 그냥 심심풀이 땅콩으로 여기고,

하든 말든 회신을 기다리는 마음도 있다는 것을 알아주기를….

## 가

데이터에 잡히지 않는 데이터는 어떻게 데이터 처리하여 시대에 활용하는지?

데이터 하나.

일산 임대 아파트에서 잠을 자지 않고 1년을 살았다. 그 당시에는 한 번 졸려보는 게 꿈이었다. 전라도 덕유산에 있을 때는 60일 동안 전혀 먹지도 잠을 자지 않았는데도 아침에 일어나면 머리가 맑고 기운이 넘쳐 집 보수 공사를 원만히 마무리하였다.

데이터 둘.

친구 한 놈은 아무리 찌는 더위라도 에어컨이나 선풍기 없이 방을 냉방으로 만들 수 있다고 하고, 한 놈은 쌀 한 말을 한꺼번에 밥을 지어 먹어도 토끼똥만한 똥 한 방울 떨어뜨리는 것으로 배변은 해결된다고 하고, 한 놈은 잠깐 눈을 감았다 떴는데 하루해가 지났더라고 한다. 이러한 데이터 처리는?

데이터 셋.
배가 무척 고팠다. 지인이 찾아와 나를 보더니 음식을 먹는 것이었다. 그의 음식 섭취로 내 배가 불렀다. 남이 내 배를 채워줄 수 없다는 말의 허구를 다시 확인할 수 있었다.

데이터 넷
눈앞의 물건이 눈뜨고 있는, 보고 있는 눈앞에서 순식간에 사라진다. 그리고 조금 지나 눈앞에 바로 다시 나타난다. 이런 **일**이 빈번히 발생한다.

### ⚙ 나
데이터에 잡히지 않는 데이터의 **효용성**(예측되지 않는 힘이 구체적으로 삶에 개입하고 현실을 규정지을 때. 부정확성의 정확성).

데이터 다섯.
벗과 화상통화 중 벗에게서 갑자기 일어난 행동 장애가 나에게도 동시에 똑같이 일어났다. 내가 장애 극복 노력을 기울여 회복되자 친구도 회복

됐다. 타인의 즐거움이 나의 즐거움이 될 수 있다.

데이터 여섯.
실수로 대형 짐을 계단에서 떨어뜨려 세찬 기세로 짐이 계단 아래로 굴러떨어질 때 밑에서 어린아이가 올라오고 있었다. '내가 아이를 죽였구나.' 하는 순간 놀랍게도 눈앞에서 짐이 사라졌다. 아이는 계단을 걸어 문 앞까지 무사히 도착했다. 내려다보니 짐이 눈앞에 다시 나타났다. 어떤 상황에서도 '보이지 않는 차원의 힘'으로 생명을 살릴 수 있다. 불가능한 치료는 없다.

데이터 일곱.
다음 생에는 어떤 몸을 받을까(인간 몸에 한정한 질문)에 선배지혜의 매서운 대답,
"한 가지 꿈만 꾸지 않습니다. 새가 되어 날기도 하고, 곰이 되어 세상 근심 걱정 모두 잊고 긴 숙면에 들고, 사자가 되어 용맹을 즐길 수 있고, 구더기가 되어 똥통의 만찬을 즐길 수 있고, 다람쥐가 되어 고향의 품을 안을 수 있게 됩니다." 지구 75만 종의 생을 즐겨보는…. 가능성에 도전해 볼 수 있다.

## 19  손을 내민 그대에게

내 몸은 기숙사입니다. 잠시 머물다 떠납니다.
승리도 패착도
삶의 유용한 도구입니다.
세상에 버려야 할 그 무엇도
버림받아야 할 그 무엇도 존재하지 않습니다.
세상에 무익한 존재는 없습니다.
의미를 부여할 때 가치가 생기고
가치가 생겨야 꽃이 핍니다.
서로 존중하고, 상대를
아끼고 사랑하고 보듬어 안는다면
당신의 존재는 더욱 빛날 것입니다.
당신 곁에는
당신과 함께하는 숨결이 있다는 것을
기억해 주시기를 바랍니다.

늘,
당신으로 인해
존재를 확인받고 있다는

소식을 전하며
밝고 명랑하고 뚜렷한
겨레의 영혼이 그대와 함께하기를...!

가장 작은 것이 가장 큰 것을 이긴다는
승리는 힘이 아니라 연결이라는
진 자도 이긴 자도 같이 간다는
위로와 함께,
나의 후광 당신
당신의 내민 손을 잡으며,
당신이 모른척 할 때도 나는 거기 있었습니다.
또 다른 이름으로.

# 20 일상의 소중함

일흔에 접어들어, 별스럽지 않은 사고로 척추가 부러져 넉 달 동안 의식을 잃고 산송장으로 지내다가 깨어나, 식사는 콧줄로 소변은 소변줄로 보고 손발은 침대에 묶여 지내던 시기에, 팔을 들어 볼 수 있는 날이 나에게도 돌아오리라는 희망을 지녔습니다.

묶여 지내던 시기에서 해방되었을 때, 휠체어 타고 이동하는 능력의 소유자가 그렇게 부러울 수가 없었습니다.

워커(보행기)에 의지해 걸을 때는 지팡이를 짚고 다닐 수 있으면 하는 바람이 있었습니다.

휠체어에서도 보행기에서도 지팡이에서도 해방돼 두 발로 걸음을 떼는 요즘은,

몸을 자유로 좌우로 틀어 움직일 수 있었으면 하는 소망으로 하루하루 걷는 연습을 하고 있습니다.

지금 살아서 입으로 밥을 먹고 화장실을 다니는 내가 얼마나 기특하고 흐뭇하고 대견스럽고 자랑스러운지 모릅니다.

곧 돌아가실 것이라는 속삭임에 얼마나 슬펐는지…. 그날이 엊그제인데, 49재 준비까지 마쳤던 이 몸이 여동생의 남편이 사준 최신 기종 태블릿을 펴고 세계 최고의 지성들과 교류하며 이렇게 글을 쓸 수 있다는 것이

얼마나 즐겁고 행복한 일인지 말로 다할 수 없습니다.

미국 드라마 옐로스톤에 나오는 '혼수상태도 신이 나에게 준 선물이다.' 라는 대사가 가슴에 박히는 요즘, 손을 까닥이는 것만 해도 축복이 아닐 수 없고, 기적이 아닐 수 없고, 행운이 아닐 수 없습니다.

언젠가는 이곳 삶을 마감하고, 보통의 삶으로 돌아가 맛있는 음료수도 마시고 여자 친구도 남자 친구도 사귀며 놀 수 있는 날이 오리라는 과분하고도 벅찬 기대를 품고 요즘 일상의 삶을 묶고 있습니다.

# 21 『천부경』 강의를 시작하며

간단한 수의 배열과 조합으로 신물질 신문명의 창조가 가능하다는 믿음을 천부경 수는 제공하고 있다.

자지 1에 불알 2쪽을 붙이면 3이 된다. 이것이 수 1. 2. 3이다. 이 셋의 전개가 무한한 수를 탄생시킨다. 무한한 우주 무한한 생명이 전개된다. 무한한 가능성을 꿈꿔도 좋은 이유가 여기에 있다.

자지의 껍데기를 까면 유전자 정보가 들어있는 정자가 배출된다. 이 정자를 여성의 대지에 뿌리면 새로운 생명이 탄생한다.
생명은 부모가 물어다 주는 자비, 사랑, 헌신의 젖을 먹고 자란다.

열매의 껍데기를 까면 식물 정보가 들어있는 씨앗이 드러난다. 이 씨앗을 지구의 대지에 뿌리면 꽃이 자란다.
바람, 비, 햇빛이 물어다 주는 젖을 먹고 꽃은 핀다.

육체의 껍데기를 까면 죽지 않는 몸(양신, 법신, 부활의 몸, 신선의 몸)이 나타난다. 우리 몸의 안과 밖에는 우리가 인식하지 못하는 또 다른 나의 몸이 있다. 육체를 벗고 자유를 얻은 몸은 지구를 벗어나 이웃 별들을 여행하며 그곳 별들 문화를 향유할 수 있게 된다.

이 삶의 식탁에서 사랑, 애교, 상냥, 칭찬, 감사, 배려, 격려, 짜증, 질투, 오만, 분노, 증오 등의 오욕 칠정을 조미료로 한바탕 볶아낸 요리를 즐긴 군상들이 또 다른 맛, 세계의 연출을 위해 수를 풀어간다.

밝혀지지 않은, 드러나지 않은 또 다른 수로의 도전과 접근 시도
이것이 『천부경』 수의 실천이다.
81=9

종교

# 01    종교의 출발

만들어진 것의 이해가 종교다.

게임, 우주의 포획 머신과 미래의 꿈과 신규 버그의 등장, 알파의 치밀한 음모, 한편의 영화 관람을 마치면(한 인생이 끝나면), 또 다른 영화 작품을 구상하게 된다. 이것이 하나님의 출현이다.

\* 理의 空이 化하여서 數가 되어서.

그리고 작가는 시나리오를 쓰게 된다.

이 시나리오의 수량화가 『천부경』의 수다.

\* 가. 81×18=1458   나. 80×18=1440   다. 72×19=1368   라. 81×19=1539   마. 80×19=1520   바. 72×18=1296   사. 1539÷2=769.5   아. 1296÷2=648   자. 769.5+648=1417.5

이 수는 개인에게는 개인의 운명스케줄로

국가에는 국가의 운명스케줄로

우주에는 우주의 전개로 발현된다.

수가 놓인 대로 각본대로 우리는 연기를 한다. 그것이 우리의 삶이다.

영화 촬영에 있어,

영화의 재미를 위해 하늘에는 운무, 땅에는 태풍, 바다에는 해일 등 대자연의 향연이 펼쳐지고, 공간에는 양감 질감이 등장하고, 생명 세포가 출현하고, 색이 칠해지고 시간이 주어진다.

그리고, 아바타(化神出現)를 등장시킨다. 주역으로 선도성모, 마리아, 싯다르타, 마즈다, 조로아스터, 공구, 노자, 선혜보살, 암바팔리, 메타트론, 예수, 무함마드 …. 그리고 조연 일수도 있는 보통의 존재.

예수에게는 사랑 먹이를 주고, 싯다르타에게는 초탈 먹이를 주고, 여와에게는 권위의 먹이를 주고, 신선에게는 신비의 먹이를 주고, 공자에게는 예범 먹이를 주는 등 각자 맡은 역할에 따른 먹이가 주어진다.

주어진 먹이로 자란 이들 아바타에게 여기에 따른 표정연기와 동작이 주문된다. 말씀이 탄생하고 희생과 헌신의 덕목이 등장하고, 구원 연기가 연출되며, 전쟁과 정치 등의 집단 안무가 등장한다. 보다 멋진 신을 위해 잔혹할 수도 있는 피해지지 않는 광란의 정치, 살육의 연기가 펼쳐진다. 장면마다 배역마다 개인마다 오욕칠정이 삽입되고 자극효소 삶과 죽음 사랑이 발효된다.

이렇게 준비 동원 완성된 작품은 상영되고 출연진들은 모두 이를 즐기게 된다. 이것이 천국 천상 극락의 삶이다.

무수한 세기를 건너오는 동안 무수한 작품이 완성됐다.

당신은 언젠가 반드시 운명적으로 천상 극락 혹은 천당에 간다. 간 적도 있다.

덧붙여

미래를 예측한다는 것은, 어떤 장면으로 전개돼야 최상의 결과(멋과 맛의 결실)를 얻을 수 있을까를 상상하는 일이다.

우주의 꿈이 나의 시나리오다.

우주의 율동이 나의 행동이다.

우주의 관심이 나의 에너지다.

## 02 우주의 모성애 수(혹은 數, number)

→ 창조주의 의지 「천부경」.


수를 얻는다는 것은

내가 우주 종사원의 일부로 인정받으며

한 역할을 맡아, 역할을 수행할 도구인 육체를 얻는다는 말로

즉 생명의 탄생을 의미한다. 18×70(72-2)=1260

* 用數 18에서 體數 72數 中에서 用變不動本의 意로 2數를 빼고 相運相乘하면 1260數이니 이 것이 道化玄天 太陰數가 나온 것이고 여기에 다시 有子有女의 始初가 보인다. 이것이 곧 太陰 의 알맹이며 眞一神께서 眞天雄을 낳으시고 眞天雄은 眞地雌로 化하여 雌雄相交로 生化子女하 니 向天向地가 이것이다.


우리가 누리고 있는 모든 문명과 문화, 우주와 육체는

수의 황홀한 배열과 조합의 산물이다.

주어진 수를 이해하고

수에 순응하며 수를 따라간다면

마침내 우주가 연출해 내는 신비한 향연을 즐길 수 있다.

수의 이해를 통해 모든 사람은 자신의 숭고한 가치를 깨닫게 되고 삶에 헌신하게 된다.


우주의 모성이 수數다.

우주의 모성애가

우리 존재의 출발점이고 존재 이유이다.

세상을 돌아가게 하는 그 손길을 느끼며

그 가치를 깨닫게 된다면

종교를 초월한

황홀한 우주의 모성애에 안겨 있는

자신을 발견하고

이제까지 느낄 수 없는 행복을 만끽할 수 있다.

* 神子께서 眞天 속에 位를 하사 百理의 影인 90數로 玄天眞地로 化한 것이다. 理百이 退한 것이 影으로 化하여 像이 처음 생겨나서 모든 物이 始有한 것이다. 理로 化한 것이 無로 化하니 能化化而化物하니 稱其名을 谷神이라 하고 取其像名을 玄牝이라 하니 黃帝와 老子는 다 같이 玄牝이라 하였으나 다른 점은 黃帝는 眞人이신 관계로 至人聖人을 備全하시고 老子는 但至人이시나 八十一年 胞胎에 以神化神의 本의 原理를 說話로 하였던 것이다(72×18=1926).


우주의 생명력 사랑의 본능 수, 세상은 수로 창조되고 유지되고 보호되며 무한히 전개된다.

'어쩔 수가 없는 게 아니라, 할 수가 없는 게 아니라, 별수가 없는 게 아니라. 알 수도 있고, 그럴 수도 있고, 부릴 수도 있고, 기다릴 수도 있고, 할 수도 있다.'

* 평면 위의 수가 아닌 원圓 위의 수의 파악으로 숨겨진 수의 질서를 찾아내 '大字圓內의 幸'을 함께할 수 있다.

## 「천부경 찬가」를 쓴 동기

『천부경』 수의 이해 능력을 동원해,

성경, 붓다의 경전 등 각 종교 경전에 등장하는 무수한 수, 숫자가 전하
는 메시지를 드러내 밝히는 분도 계셨고
한 녀석은 복권, 경마 등의 당첨 번호를 맞히고
어느 분은 한글 창제의 원리를 밝히고
어떤 분은 태양에서 지구까지, 지구에서 달까지의 거리, 지구에서 달이
떨어져 나간 시간 등을 계산하고 있었고
우주 별들의 질서와 순환에서 수리적 견해를 도출해 내는 분도 있었고,
비물질(마음. 정신 등)을 계량화하는 분도 있었다. 19×81=1539
물질의 기본 구조를 도해하고,
생물의 시원세포를 밝혀 생명의 존재 방식을 설명하는 분도 있었다.
인체의 구조와 전개를 수로 재현해 내는 분도 있었고
개인의 과거와 미래를 계측하고, 역사, 사회, 정치 변화를 눈앞의 일처럼
펼쳐 보이는 분도 계시고,
종교와 철학, 문학의 출발과 음악, 무용 등 시공간의 문화 예술을 천부
수리로 설명하는 분도 계셨다.
프로그래밍 언어의 최종 종착지는 수임을 간파한 별빛 프로그래머의 컴

퓨팅을 눈여겨보며,

장엄하고 숭고한 이 창조의 전개 질서를 어찌 달리 표현할 방법을 찾을 수 없어 단 한마디 수 '모성애'로 나타냈다.

『천부경』 수의 완전한 파악으로 '세상에 못 할 것이 없다.'라는 당당한 자신감으로, 세상과 한 율동을 이루어 삶을 꾸려가는 분을 뵌 기쁨과 그분의 환한 미소를 잊을 수 없어 노래한다.

* 간단한 수의 비밀(3×3 magic square $4×2+9×2+2×2=$......) 이 우주를 지배하고 있다. 종교도 과학도 예술도 학문도 정치도 하나의 규칙을 따른다.

사람은 수를 부릴 줄 알아야 한다.

복잡한 머리 써서 우주가 존재한 게 아니다. 단순한 수 1. 2. 3의 나열이 현재 대우주의 나툼이다.

대우주의 수가 그대로 구현된 것이 인체다. 그래서 인체를 우주의 축소판이라 한다.

이 공식이 일상생활로 나타난다. 소소한 일상생활의 질문도 여기에 대입하여 해답을 얻을 수 있다.

이것이 천부경의 바른 이해이고, 과거, 현재, 미래 수의 파악이다.

# 03 스승의 그림자

### ✺ 가

거짓이 판을 칠 때 동지여!

당신을 향해 목숨을 걸기로 하니 모든 두려움이 사라집니다.
해낼 수 있습니다.
오늘도 이 길을 갑니다.

당신을 향해 목숨을 걸 수 있다는 당당함으로
그 어떤 장애물도 나의 적이 될 수 없습니다.
그 어떤 음모도 나를 붙잡아 둘 수 없습니다.

당신의 지혜가 없었다면
모든 이를 적으로 돌리고
모든 이들의 적이 되어
분노와 좌절의 날들로 생을 보냈을 것입니다.

당신을 향해 목숨을 바칠 수 있다는 희망의 언어로
나는 새로 섰고

새로 일어났습니다.

벗들, 그 희망의 멜로디
생의 바다에서
한 볕을 쬐고
한 그늘에서 쉰 형제들이여,
이제 우리의 노를 저어갑시다.
서로의 살점을 뜯깁시다.

선생님의 세기가 다가왔습니다.
심장의 북을 울립시다.
태초의 탯줄을 잡아당깁시다.

### ☀ 나
첫 바람을 안고, 벗에게⋯.
지난 휴일 화상 통화 중, 『천부경』에 대한 자네의 응화가 있어 아래 내용을 보냄.

지금부터 50여 년 전, 정동 옛 러시아 공관 자리, 뼈 골격만 엉성하게 남아있는 시멘트 건물에 몇 사람이,
모여 스승님으로부터 『천부경』 강의를 들었다. 서울 의대 · 공대생 다섯명, 군법무관 한 명, 상고사 역사가 한 분과, 역술인 한 분, 그리고 나 이

렁게 몇이 모여 강의를 들었다. 조촐한 밥상이었다.

이때, 스승님은 『천부경 강의』 유인물 첫 부분에서 '피보나치 수열'을 언급하셨다…, 그때는 왜? 피보나치 수열에 대해서….

지금 넷에는 『천부경』에 대한 자료가 엄청나게 올라와 있다. 내가 『천부경』 강의를 들을 때만 해도 *『천부경』 존재 자체도 모르던 시절이었다.

* 하늘과 땅이 변화하여 최초의 사람 환인이 출현하고, 그의 아들 환웅에 이어 환검 단군이 탄생했다. 환검은 우리 겨레의 첫 시조로 밝고 맑은 곳에 한겨레의 터를 열고 겨레의 문명을 가꾸며 전개하셨다. 환검은 비서갑과 결혼하고 그의 아들 부루에 의해 옛조선이 건국되고 이때 창조의 경전인 『천부경』, 가르침의 경전인 『삼일신고』, 다스림의 경전인 『성경 팔리』 삼대 경전을 법전으로 삼으셨다. 『천부경』은 천부삼인(1.2.3)으로 된 81자의 짧은 경전이다.

1. 구전되던 『천부경』을 6세 단군 사관 혁덕이 녹도문자로 기록하고 나중 사람이 태백산(백두) 「단군전비」에 새겨 전했다.
2. 신라 말, 고운 최치원이 「단군전비」의 『천부경』을 한자로 옮겨 세상에 전하며 묘향산(백산) 석벽에 남겼다.
3. 고려 말, 민안부(1328~1401)의 「농은문집」에서 갑골문으로
4. 조선 중기, 이맥(1455~1528) )의 『태백일사』 「소도경전본훈」으로
5. 조선 말, 기정진(1798~1879)의 「전비문전」에 『천부경』은 전해졌다.
6. 근세, 1916년에 계연수(1864~1920)가 묘향산 「석벽본」을 발견하고, 전병훈(1857~1927)이 이를 전해 받고 1919년 3월 주석을 달아 그의 저서 『정신철학통편(1920년 출간)』 첫머리에 소개했다. 이 책은 우리나라를 비롯한 미국 유럽 각국의 지도자들과 도서관에 배포되고, 독일 기독교 성직자인 빌헬름 그리고 심리학자인 카를 융에게 전해지면서 세상에 알려지기 시작한다.
7. 현대, 『천부경』 사상은 김재혁, 이원선(1919~1985), 탄허 스님으로 이어지고 이들에 의해 인간과 우주의 구성 원리와 존재 방식과 전개 방식이 드러났다. 현재 평창동계올림픽 '태고의 빛' 공연, K-POP 방탄소년단 등 대중도 『천부경』 사상을 노래하고 있다.

지금 넷에 올라온 『천부경』 내용을 살펴보면, 『천부경』이 구체적으로 어떻게 우리 삶에 역동적으로 작용하고 있는지 적극적인 개진이 부족하다.

'우주는 수로 이루어져 있다.' 수의 질서로 우주는 창조되고 그 질서대로

우주는 운행하고 있다. 쉽게 말해 '수를 안다면 하나님의 뜻'을 아는 것이다.

스승님은 개인과 국가와 우주의 운명을 손금 보듯 들여다보고 계셨다. 스승님이 말씀하시는 대로 국가는 굴러갔고 개인의 삶은 진행됐다.

님은 수를 계산해 일상생활을 꾸려 가셨다.

수를 계산해 우리에게 육체와 정신의 구조를 이해시켰고 자연의 틀을 설명하셨다. 이를 통해 제자들은 사물의 존재를 규정짓고 사태의 결말을 지을 수 있었다.

님 사고의 흐름과 의식의 흐름은 전체적 질서와 함께하는 호흡이었기 때문에 조금의 착오도 오류도 있을 수 없었다. 정연한 논리의 전개와 친밀한 감화력 등은 내담자에게 구체적인 도움을 주었다.

그 사람의 전생과 후생을 꿰뚫어 아셨기 때문에 그 사람이 버려야 할 것과 취해야 할 것이 명백히 그 사람에게 드러나 보이도록 하실 수 있었다.

후략…,

그저 대충 『천부경』의 흐름 중 몇 마디 전하는 것일 뿐. 별다른 뜻은 없다. 삶의 곡예를 함께하는 나의 도반 자네와 나눌 기쁨의 날을 기약하며….

## ✺ 다

나의 벗 사랑하는 조카에게 보내는 적바림

먹이사슬의 최상위 포식자로 신이 있다. 인간삶은 신 앞에 맛으로 요리되고 맛으로 존재할 뿐이다. 물결치는 대로 인간이라는 배는 떠간다.

인간은 평생 자기를 운행하는 뇌를 수리는커녕 자기 눈으로 들여다볼 수도 없으며, 수명 보존과 연장에 필수적인 심장마저도 만져볼 수 없고, 거울을 통하지 않고는 자기 얼굴조차도 볼 수 없고 날 수 없는 구조로 누군가에 의해 설계되었다.

인간은 이 우주에서 무슨 특별한 존재가 아니라, 신('누군가'라고 해도 좋다.)이 지구라는 사냥터에 가둬놓고 방목(혹은 사육)하는 동물에 불과하다.

사육의 편의상 인간에게 기본 윤리(오계, 십계, 팔조금법)가 깔린다. 사물 인식능력에 차이를 두어 개성화 차별화를 이루며, 섭취한 지성, 자라는 감성, 인성, 품성 등에 따라 인간은 각기 다른 맛이 든다.

환경에 상응하며, 사람의 눈에는 보이지 않는 열매가 각각의 마음에 몸에 흐름 따라 열린다. 이 열매를 신이 따 먹는다.

사냥감이 될 만큼 사람으로서 다 자라면 신(사냥꾼)들의 치열한 사냥감(영혼) 쟁탈전이 벌어진다.

인간에게서 나오는, 빚어내는 또 다른 맛이 있다.

왜 전능한 신의 손길 아래 전쟁과 질병이 끊이지 않고 연속하는가. 신의 질서(의도)에 전쟁과 질병이 포함돼 있기 때문이다.

신들이 그들 게임으로 인간을 끓이고 지지고 볶는 행위가 전쟁이고 질병이다. 전쟁의 긴장과 병상의 사투에서 쏟아지는(만들어지는) 기세와 박진감, 간절함, 애절함, 애통 등의 감정과 기운이 요리의 주재료가 되어 신의 식탁에 오르고, 이들은 이 맛을 즐긴다.

\* 창조주(혹은 신들)로 불리는 존재들의 서툴거나 짓궂은 놀음 유희에 동원된 인간의 삶이란 아무리 잘 살아도 고통이 절반인 삶이다. 온전히 만족한 삶은 소수 특혜자의 기억에만 존재한다.


이러한 신의 요리, 신의 게임에서 벗어난 자유로운 삶이 있다.

신선은 신이 깔아 놓은 상식의 덫에 구애받지 않는 삶을 산다.

인간이라면 당연히 지녀야 할 가치를 능멸하는 삶

질서를 초월하여 질서를 유지하는 삶

부드러운 잠식으로 경계를 넘나드는 삶.

신선의 삶은 현실의 삶 어느 밖의 세계가 아니라, 현실과 함께 돌아가며 인간의 멋과 자유를 확장하며 즐기는 삶이다. 잠을 못 자면 판단력 집중력이 떨어진다는 등의 상식의 고리에서 벗어난 삶으로 언제든 깨어있을 수 있고 언제든 잠을 깊이 잘 수 있어 삶의 현실 공간을 확대한다.


상식의 '반응과 대응'의 출력에서 벗어나,

웃을 수 없는 상황에서 웃을 수 있다.

고통도 하나의 맛으로

죽음도 삶의 맛이 된다. 생로병사 우비고뇌 오욕칠정이 하나의 각기 다른 독특한 맛으로 존재한다.

집단의 행위는 집단 성깔의 맛으로, 이를 마시는 삶, 지구가 하나의 놀이 터로, 하나의 무대 공간으로 이 터의 주인으로 스스로를 이해하고 스스로를 엮어가는 삶, 하늘과 땅 사람 세계에서 흩어지며 모아지며 잔잔함과 치열함이 펼치는 그 기쁨을 가슴 가득 안고 누구도 배척함이 없이 함께 가는 삶을 신선의 삶이라 한다. 신선에게 천년의 삶은 너무 짧다.

* 신선은, 몸안의 남성(+)과 여성(-)이 하나로 결합해 정수리(육계)로 출산한 몸을 지닌 사람을 부르는 호칭으로, 여자의 성기에 의지하지 않고 공부로 획득한 몸을 죽지 않는 '신선의 몸'이 라 한다.


## 🌸 라

2014. 12. 23일자 해외 교포지 「유정신보」에서 옮겼습니다.


......

3이 곧 6이 되고, 3x3=9가 되고, 9x9=81이 되고, 또 『천부경』은 81자인데, 곱하기, 나누기, 빼기, 더하기 수리 전부 다 『천부경』 속에 다 들어있습니다. 우리 인류의 철학, 수리학은 우리 조선 동이족의 선조들이 다 해놓은 것입니다.

『천부경』 속에는 우주[만상] 철학까지 다 들어있습니다. 수리학, 기하학, 대수 다 들어있습니다. 그걸 연구해 보고 언제 깨달았느냐 하면, 소설가인 박용숙 씨가 전화를 걸어와 (77년도예요, 정확하게) 사학자 천관우 씨(언론인 '동아일보'사 편집국장 시절)도 이걸(천부경) 못 풀었고, 천관우 씨가 동아일보에 『천부경』 해석하는 사람은 상금을 주겠다고 광고를 냈는데도, 아무도 못 풀었는데, 이제 우리나라에서 유명한 역학자 이원선 씨가 이 『천부경』을 풀어내 강론하니 들으러 가자" 하고 연락을 해왔습니다.

중앙일보 신춘문예에 당선된 미술 평론가인 이분 박용숙朴容叔은 옛날 '자유문학' 편집장까지 하고, 열심히 좋은 책 『지중해 문명과 단군조선』 등등을 펴내고, 그 후에 미술평론으로 바꾼 끝에 대학교수로 미술사만 강의했는데, 미술사를 강의하다 보니까 『천부경』 쪽에 관심이 있었던 것입니다. 그래, 같이 가자고 해서 갔습니다. 내가 그때 그 말에 〈천부경 강론〉을 듣고 크게 충격을 받았습니다.

『천부경』 81자를 얇은 팸플릿 판으로 번역했는데, 몇 날 며칠 동안의 그 강론과 질의, 토론을 들으면서 그걸 듣고 나니까, 세상이 완전히 달리 보였습니다. 그 후부터 경전이나 고전, 상고사들을 열심히 읽고 공부하면서 느꼈습니다.

아! 우리 민족은 위대한 민족이구나, 우리 민족이 세계 역사에, 사상적으로나 언어문화 뭐로나 모든 면에서 제일 앞섰던 민족이구나. 제일 역사, 문화가 앞섰던 민족이었구나, 연금술 수리학 철학 우주 만물의 음양오행 원리를 아는 역학, 전부 다 우리 선조들이 계발해 놓은 것임을 알게 되었습니다. 인류 역사상의 문자도 우리 민족이 제일 먼저 만들어 낸 것입니다.

......

## ◈ 마

1991. 11. 28 일자 「청양신문」에서 옮겼습니다.

- 발로 모든 생활 신체장애 극복한 인간 승리의 주역 - 황기연 씨

 더불어 함께 사는 사회 건설에 앞장, 복지 서비스 위한 국민운동 전개의 필요
신체적 장애를 극복하고 자립의 기반을 다짐은 물론, 사회봉사에 앞장
서고 있는 인간 승리의 주역 황기연 씨. 불구의 몸으로 한약 부업, 역학
연구, 장애자 신문 충남지사장, 두 자녀를 둔 가장 등 1인 4역을 담당하
며 삶의 의지를 불태우고 있는 자랑스러운 청양인 황기연 씨. 1948년 청
양군 대치면 수정리에서 4남매 중 막내로 태어난 황 씨는 태어날 때부터
손을 쓰지 못하는 불편하고 애처로운 삶이 시작됐다.


7살에 초등학교를 입학했지만, 어린 마음에 열등감을 견디지 못해 1년
만에 그만두고 한학을 배울 결심으로 서당을 찾았다. 발끝으로 붓을 잡
아보았지만 발은 온통 먹물투성이고, 아무리 가누어도 흐느적거리는 붓
끝은 어린 꼬마를 실망의 구렁으로 몰았다. 하지만 마음 둘 곳 없는 소년
에겐 발길 가는 대로 따라오는 붓은 더 없는 친구였다.
한문 공부 수학 10년 속에 주역 등 각종 한학 탐독은 물론, 사회인의 틀
을 갖추기 위해 강의록으로 고등학교 과정을 이수하고 나왔지만, 세상은
자기 생각과는 달리 너무도 삭막했다. 나이가 들수록 사회의 냉소에 견
딜 수 없는 좌절감과 회의에 빠져 방황하다 이대로 무너질 수는 없다며
자립의 길을 모색하던 중,

23살 되는 69년도에 월봉산 묘광사로 입산, 만물박사로 널리 알려져 세인의 존경을 받던 청양 이원선 스승(1989년 작고) 밑에서 한의학과 역학 공부를 시작, 10년간 수련을 마치고 자신과의 싸움에서 승리하는 것만이 장애를 극복하는 길임을 확신하며 처절한 싸움 속에 성숙한 자신을 돌아보고 비로소 전 도심 한복판에 발을 들여놓았다.

그러나 음식점에서도 발을 식탁 위에 올려놓고 발가락으로 숟가락을 집어 국도 떠먹고 젓가락을 집어 갖가지 반찬을 먹는 것은 물론 글씨 쓰기 세수하기 등 모든 생활을 발로하는 그의 모습은 꼬마들의 놀림에서부터 주위 사람들의 수군거림까지, 다만 한 인간으로서만이라도 존재하고픈 공간을 여지없이 짓밟혔지만 끝없는 자기 수양과 의연한 자세 그리고 뛰어난 재치로 주위 사람들을 감복시켰다.

## 바

### 방장산인 청양

* 넷의 인간 의식 능력 밖의 인식의 힘 청양 관련 글을 추리고 모아 정리했습니다.


- "참된 존재는 있고 없고의 개념을 초월한다. 보는 눈이 없을 때 보는 눈을 얻는게 선(禪)이다. 없는 문도 여는 문이다. 진공묘유(眞空妙有)"라고 하셨다.


- 현 한국불교의 수행법인 '간화선'에 대해 말씀하셨다.
한국 선불교 참선 수행의 유용한 도구로 사용되고 있는 '화두 드는 일[공안 참구'은 부처님의 가르침에 없는 수행법으로 불교 수행법이 아니다. 부처님 가르침에서 소외된 중국 당唐 대의 일부 승려들이 그들 생존을 위해 창안한 것이 '간화선[화두선]' 수행이라고 말씀하셨다.

몸과 마음이 함께 건강해지는 수행만이 바른 수행으로, 스승님은 몸과 마음이 둘이 아님을 늘 강조하시고, 정신을 돌려 몸을 씻는 것이 수행자의 목욕이라고도 하셨다.

참선 특히 좌선 수행은 허리를 자연스럽게 두고, 인위적으로 호흡을 조절하지 말고, 눈은 바깥에도 안에도 속하지 않는 경계에 머물러야 하며, 좌복[방석] 앞 응시나, 배꼽 아래 응시의 병폐를 지적하시고 몸 안의 법륜을 굴려야 한다고 하셨다.

잘못된 수행 방법으로 건강을 잃고 찾아가야 할 길에서 헤매다 수행을 포기하는 눈 푸른 청정 수행자들의 수행 기개가 꺾이는 일이 자주 발생하는 현실을 안타까워하시고, 비루한 범의 거래를 통한 최고의 아상 확보의 문제점을 말씀하셨다.

인식 대상을 세우지 말고 "그냥 하는 게 공부로, 공부 안 하는 것이 공부하는 것이다. 얻어지는 것이 없는 것이 공부다. 본래 '나'라는 것이 없다. '나'가 없는 자리로 돌아가 전체를 나타날 때 그것이 나와 우주라는 존재다."라고 하셨다.

* 관측 대상 없이, 관측 주체를 없애고, 관측 목표를 세우지 말고, 관측 주체와 객체의 일치. 세상에는 '나'라는 가짜가 산다고 하셨다.

산하 너른 들 쌓인 눈이 봄이 오면 일순에 녹듯이, 수행의 어느 시점에 이르면 특별한 수련 계위를 거치지 않아도 모든 번뇌와 고뇌[윤회의 씨]가 한순간에 다 사라진다. 깨달은 자에게는 과거 현재 미래가 하나이다. 일 없는 날이 좋은 날이다. 가고 온다는 생각이 없을 때 목표 지점에 도달할 수 있다고 하셨다.

생각의 조작, 생각의 변환, 생각의 확장, 생각의 진화를 깨달음으로 착각 해서는 안 되고 생각 이전의 생각에 도달해야 하며, 우주 법계에는 누구 에 의해서도 밝혀진 바 없는 깨달음의 지혜가 숨어 있음을 알아차리고, 우리는 모두 세상의 손님임을 자각하여야 한다.

인간에게는 앎이라는 게 있는 게 아니라, 앎이라는 생각의 흐름이 존재 할 뿐으로, 지식은 안다 모른다의 차원을 넘어서 얻어지는 지식이 참다 운 지식이라고 하셨다.

- 정력을 기운으로 변화시키고, 기운을 정신으로 변화시키고, 정신을 허 공으로 변화시키는 과정이 수행 여정이다. 마침내, 허공의 몸을 이루면 삶과 죽음을 초월하고, 모든 존재의 출현과 변화를 가능케 하는 능력을 갖출 수 있게 된다. 이 과정에서 가장 중요한 것이 정情의 보존이다. 정을 보존치 못한다면, 샘이 없는[누진통] 공부를 성취할 수 없어, 수행의 결과 가 아무리 뛰어나 온갖 기적을 행하고 신통력[오신통]을 펼친다 해도 그것 은 사마외도의 일이 된다.

수행의 궁극에 이르면, 생각이 현실이 되어 나타난다. 머물 집을 생각하면 집이 세워지고, 음식을 생각하면 음식이 차려진다. 소녀를 생각하면 소녀가 나타난다. 생각을 따라 환희심, 자비심이 일어난다. 중생의 고를 한순간에 즐거움으로 바꿀 수 있다.

물질을 구성하는 기본 원소를 깨달아 지득하였기 때문에 순간적으로 이의 조합이 가능하기 때문이라고 하셨다.

세상에 특정 가치나 이념, 종교적 신성과 권위를 부여할 필요가 있을 때 이런 능력이 사용된다고 하시고, 시간도 공간도 물질도 한생각[一]의 나툼이라고 하셨다.

"시간과 공간에 구속되지 않는, 유무형의 모든 존재로 변화가 가능한 '무아'의 성취가 공부(수행)의 목표가 되어야 한다."라고 하셨다.


– 만유가 스스로 진리를 드러내고 있음을 깨닫는 것이 초발심이고, 이를 깨달아 어울리는 것이 정진이고, 특정 사유와 행동에 매이지 않고 세상을 읽어가는 것이 간경이고, 사물에 대한 솔직함이 수행자의 염불이고 다라니다.

속진의 몸을 초월 육신통의 옷을 입고, 법어의 우레로 세상을 씻고, 법의 미소로 세상을 안아, 현상계와 유리되지 않는 삶을 사는 자를 득도자라 한다.

시간과 공간의 지배와 구속을 당하지 않는 빛으로 진리의 언어를 전하는 자라이파이어를 전법자(전도사)라 한다.

자기 이미지와 몸에 의지하지 않고도 진리를 전할 수 있는 자가 참다운

'진리의 선포자'라고 하시었다.

"세상살이가 크게 벌어진 한바탕 웃음, 꿈속 살림살이로, 큰 도적질이다. 출가승이 갈 곳 없으면 지옥으로 달아나라."라고도 하셨다.


- "내 몸을 극락으로 장엄해 그곳에 진아를 잉태시키는 것이 극락왕생"이라고 하셨으며, "내 몸의 일체중생을 제도하는 것이 성불"이라고도 하시고, 중생의 문(보지)으로 출현하는 몸을 얻지 말고, 보문시현(정수리 육계 六髻)으로 출현하는 몸을 얻으라고 하셨다.

자유 수행자인 백발성성한 선인仙人 아시타가 붓다에게 법을 전하는 과정을 비의적으로 전하는 내용이 '아시타의 태자를 안는 과정'으로 묘사됐다고 하시며, 부처님을 금선金仙이라고 표현한 나옹선사의 행선축원 기도문 한 구절 '귀의삼보예금선歸依三寶禮金仙'을 말씀하시기도 했다.

"열반 의례의 다비는 부처님과 같이 자기 몸에서 일어나는 불로 자신의 육신을 태우는 것이 참다운 화장이며 외부의 화목을 이용한 화장 행위는 부처님이 보이신 가르침이 아니다."라고 하셨다.


- 수행납자에게서 세상의 잡다한 지식을 구하려 해서는 안 되고, 세상을 품고 토해내는 수행의 덕이 스님의 납의에 숨어 있음을 깨달아 그들의 무집착의 여유와 한가를 즐길 줄 알아야 한다. 수행승에게는 소유 개념이 없다. 모든 것이 나이고 모든 것이 당신이다. 절은 세상을 상품화하지 않는다고 하셨다.

부처님은 인류의 위대한 도착지이고 위대한 스승이지만, 타 종교인에게는 부처님을 '이웃 아저씨'로 '친근한 벗' 정도로 소개 하는데서 멈춰야 한다. 모든 종교는 그 나름의 보물을 지니고 있다고 하셨다.
"중생심이 불심이다. 중생이 없으면 부처도 없다."라고 말씀하셨다.

불상 등 특정 이미지의 우상화에 대해,
"자기 낯짝 자주 보여줘 뭐 하겠느냐, 이웃 하나하나가 '천백억 화신'이다. 각자의 몫 개인의 이미지를 존중해야 한다."

기도 기복에 대해, "무형의 신들을 기쁘게 하지 말고, 유형의 인간을 기쁘게 하라. 한 사람에 대한 예의가 우주 전체에 대한 불공이다."
"시줏돈을 넣는 복전함은 '간절함'으로 이 돈을 사용하는 사람은 간절함에 담긴 마음 하나하나를 자기의 간절한 마음으로 삼아야 한다."

"절은 자신을 비하하는 추종의 절이 돼서는 안 되고, 자신을 당당하게 드러내는 절을 해야 한다."고 하셨다.

온갖 귀신도 인간과 마찬가지로 생명의 한 존재 형식으로, "인간이 하기에 따라 인간을 보호하는 천신이 될 수도 있고, 인간에게 해악을 끼치는 악신이 될 수도 있다. 무시할 필요는 없다."라고 하셨다.

- 사람 한평생의 삶이 기록(행적, 감정, 기운, 생각 등)되며 저장되는 파일이 영

혼이다. 영혼은 보통의 눈(400에서 700nm 내의 감지 능력)으로는 볼 수 없도록 신비화되었다. 새 육체가 탄생하면 그 육체에 삽입돼 한 인간의 생이 시작된다고 하시고, 삽입되는 영혼의 품질이 인격으로 운명으로 나타난다고 하셨다. 영혼을 옮겨 심는 과정이 죽음과 탄생이라고 하셨다.

- 초파일 잠을 안 자고 신도들이 큰 소리로 떠들어 법당 안이 시끄러워지자, 법당 불을 끄는 사람이 없는데도 하나둘 법당 불이 꺼지고 있었다. 이때 한구석에 앉아있던 거사가 일어나 큰 소리로 "제가 다들 주무시도록 할 테니 선생님 불 끄지 마세요." 소리치자 법당 불이 하나둘 다시 들어왔다.
신통력도 하나의 기술로, 신통력 사용이 필요한 사람에게 판매되는 기술이라고 하셨다.

- 강원도 오대산 수행 스님이 자신의 은사 스님의 직경 5밀리 정도의 오색영롱한 둥근 구슬사리를 가져와 스승님에게 보이며 진신사리 여부(진짜 사리? 가짜 사리?)를 묻자, 이 사리는 바른 수행을 통해 얻은 사리로 사리의 주인공이 바르게 앉아 있는 모습이 사리 구슬에 담겨있다고 하셨다.

## ❀ 사
- 청양은 일반 대중 혹은 승려 등을 대상으로 관악산 줄기 봉천동에서 『민족삼대경전(천부경 · 삼일신고 · 성경팔리)』, 『법화경法華經』, 『혜명경慧命經』,

『금선증론金仙證論』, 『선불진전仙佛眞傳』 등의 불경과 도경을 강의하셨다.

- 청양의 외모는 좀 기괴하였다. 찌그러진 한쪽 눈에서는 가끔 파란 광채가 났고, 큰 귀는 서로 다른 방향을 하고 있었다. 얼굴에는 언제나 붉은 화색이 돌았다. 경상도 억양에 말씀의 고저는 분명했고 걸음은 둔하셨다. 장난기 그득한 얼굴을 지닌 양반이다.

청양은 우리나라 단경선도(丹經仙道)를 1970년대 세상에 드러내 첫 공개 강의하셨다. 지금이야 각종 선도 경전들이 많이 번역되어 나와 있지만 당시에는 선도 진경의 번역은 이루어지지 않았다. 요즘 많은 국내외 학자가 이들 경전을 발굴해 번역해 내고 있는데 이는 청양 스승이 이 땅에 선단仙丹의 씨앗을 뿌린 노고의 결과라고 할 수 있다.

- 청양은 16세에 지리산 삼정산 영원사(靈源寺, 함양, 920m)로 출가하신 후 쇠신발이 닳도록 수많은 선지식을 찾아 헤맸으나 바른 선지식을 만나기 어려웠다. 다행히 각고의 노력 끝에 스승을 만나 20세에 견성하고, 40세에 누진통을 포함한 육신통을 성취하셨다.

'단군'의 가르침에 대해 캄캄하던 60년대에 서울 파고다 공원에서 일본 순사를 희롱하며 단군 사상을 모태로 한 겨레의 역사를 강연하셨다.
이곳 공원에서 사람을 모아 출가시킨 후 경남 하동 쌍계사 정화 운동을 이끌어, 당시 대처(아내를 둔 승려)가 차지하고 있던 절을 금혼의 계율을 지킨 승단에 귀속시켜 청정 비구에게 넘겨주고 산에서 내려오셨다.

- 청양이 안동 학가산(鶴駕山, 882m 광흥사光興寺)에 머무실 때 양성 스님이 주해한 능엄경 한 질을 청양 스승으로부터 환희심으로 받았다.
안동 학가산 KBS 송신탑 건립을 위해서는 청양의 승낙이 있어야 한다는 당시 조계종 총무원장의 지적에 따라 KBS 직원 두 분이 스승님 댁을 찾아오셔서 이들 직원과 함께 스승님을 모시고 송신탑 건립 예정 장소를 둘러보았다.

돌아오는 길에 버스 안에서 부모와 함께 있는 나이 어린 두 자녀를 보고 이들에게 미소로 "부모님을 잘 보호하고 지켜야 한다."라며 이들 부모님의 미래를 내다보며 한 말씀하셨다. 산길을 걸을 때는 아름드리 상수리 나무를 보시고 저 나무의 열매 개수를 한 번에 알 방법이 있다고 하셨다. 현대인들의 잦은 잔병치레는, 장기 균형을 잡아주는 역할을 하는 맹장을 자르고, 몸의 가스 배출 통로로 몸의 굴뚝인 머리카락을 볶아 지지기 때문이기도 하다고 하셨다. 인체에는 수행을 통해 얻어지는 일체의 병을 치료하는 '아가타'라는 약이 있다고도 하셨다.

- 고대문명 옛적에는 큰 돌과 목재를 캐고 자르고 먼 거리로 운반하는데 짧은 시간에 몇 사람만으로 충분했다며, 인간 척추의 특정 부위를 자극해 여기서 일어나는 힘으로 이것이 가능하다고 하시며, 한 사람이 거석을 가볍게 들어 운반한 현장을 보여주시고, 지금은 기중기나 화약이 있

어 이런 힘을 사용할 필요가 없지만 옛사람들은 이런 방법으로 쉽게 거대 축조물을 건립했다고 하셨다. 또한 당시에는 의사전달 수단으로 말과 글을 사용하지 않고 감정의 송수신 전달로 먼 거리 사람들과 대화를 나눴다고 하셨다.

어떤 문명에서는 땅에 쇠꼬챙이 하나 꽂아 전기를 생산하고, 무한동력을 얻는 기술이 있었고, 흑인이 주도한 문명의 세기가 있었으며, 지팡이 하나로 이웃 별들을 다닌 문명도 있었다.

지구문명보다 우월하거나 열등한 이웃 별들 문명과의 공존 모색이 지구문명을 발전시키는 데 도움이 될 수 있다고도 하시고, 지구 이외의 별들 생명이 인간의 모습으로 인간 세계에서 활동하는 경우도 있다고 하셨다. UFO는 티베트 지역에서 발사되는 비행체로 수은을 연료로 한다 하셨다.


- 금세기의 신선 청양의 고향은 안동이다. 동서양의 철학 서적을 앞에 놓고 누군가 질문을 하면, 그 내용은 몇 페이지 몇째 줄의 내용이라고 정확히 짚어 내셨다. 책을 보면 책의 내용이 사진 찍히듯 뇌에 찍혀서 책장을 넘기면 넘기는 대로 기록 입력 저장이 되어 이를 가르침을 베푸시는 데 사용하셨다.

한날은 제자가 청양에게 물었다. "선생님은 저만의 지식인 그 내용을 어떻게 아십니까?"

"네가 알지 않니."라고 청양은 대답했다. 상대의 뇌에 저장되고 있는 지식을 들여다보고 계셨다.

– 한 지리산 수행자가 허공에 그린 황금빛 광채를 뿜어내는 글자 '一中'을 본 학생이 이 글자 풀이를 청양에게 부탁했는데, 청양은 다음과 같이 말씀해 주셨다.

"여기서 '一中'의 '一'은 존재와 무존재의 근원이니 있는 것, 없는 것, 되는 것, 안 되는 모든 것들의 근본 자리이고 분명한 자리지만 무어라 이름 붙일 수 없어 '一'이라 하고,

中이란 만물이 드러난 자리로 대우주의 中과 소우주의 中과 작게는 태양계 별들의 中과 지구의 中과 인간의 中이 그 하나로써 관통되고 있으니 一中을 보여 현현한 진리를 밝혀 드러낸 것이다."

이 가르침을 뼈대로 막막했던 대학 석사과정 시험 문제 〈周子의 誠神機論에 대하여〉를 요리하여 수석 합격을 얻어냈다.


– 청양은 구 MBC 건물 옆에 있던 모 불교단체 소속의 불교회관에서, 불공삼장(705-774, 중국 밀교를 만개한 당나라 스님)이 한역한 인도 밀교불경 『유가심인정본수능엄경』을 기본 텍스트로 제자들을 가르치셨는데 수십 명의 제자가 따랐다.

청양은 우리나라 민족 사상에 뛰어난 식견을 갖추신 분으로 겨레의 역사와 불교, 도교, 유교에 두루 밝으셨으며, 암매한 시기에 겨레의 처음과 전개와 끝을 밝혀 겨레의 자존심을 일으켜 세웠다.


– 어느 날은 여 제자가 묻기를,

"선생님의 경지가 어느 정도 됩니까?"

"하하, 오늘 저녁 나하고 실오라기 걸치지 않고 하룻저녁 지내보면 알겠지." 청양의 대답에,

여제자는 기겁하며 줄행랑을 쳤다. 40대에 이루신 마음장상은 변화무쌍한 분신출현을 가능케 했다.

- 청양은 불교의 흐름으로는 원효, 체징보조, 개운, 양성 스님의 선맥이고, 도교의 흐름으로는 김가기, 최치원, 홍만종, 김시습의 도맥이고, 유교의 흐름으로는 이황, 기정진, 전병훈, 김재혁의 유맥으로 이들의 주요 사상으로 출가와 재가를 아우르고, 인위적인 조작과 사심을 배격하고, 우주 질서의 폭넓은 이해와, 자유와 조화와 여유로운 삶의 추구를 들 수 있다.

......

## ⁂ 아

### 스승님과의 인연

스승님의 잔심부름을 조금 했던 스승님과의 인연과 스승님의 가르침에 대해 조금 말씀드려 보겠습니다.

종로 5가에서 처음 뵙고, 당시 스승은 홍은동 노장님 집에 몸을 의탁하시고, 노장님의 막내 따님이 스승님을 시봉했습니다.

그날 밤에 꿈이라는 꿈속영상을 이용해 스승 자신을 저에게 소개하셨는데, 그 내용은 빛나는 법신이 선명하게 제 몸을 회전하는 영상이었습

니다.

그 이후로 수시로 스승님은 전하고자 하는 메시지를 꿈속영상으로 띄워 보내주셨습니다.

스승님은 거리를 걷다가도 문득 멈추어 낯선 사람에게 특유의 장난기를 띠시며, '며칠 행사에 꼭 참석하세요, 늙은 아주머니 곧 결혼하시겠네요, 조상님 덕분에 자녀들이 호강하십니다.' 하는 알 듯 모를 듯한 말씀을 던 져주시곤 했습니다.

어떤 사주풀이 전문가 한 분이 자신의 운을 보며 스승님의 조언을 구하자, '실패 운을 타서 이번 일도 어렵겠는데요' 하니 이분이 다음 날 출가 하는 것을 보았습니다.

제 아버지에 대해 한 말씀 구하자 허허 웃으시며 건달사주를 타고났다고 하시며 전생에 명문거족으로 생활해 이 세상에 고생하고 있다는 말씀을 들려주셨습니다.

홍은동에서 봉천동, 고려 강감찬 출생 터 가까이 맞은편으로 거주처를 옮기신 후(비구니 스님이 시봉), 하루는 해 질 무렵 저와 자택 뒷동산에 올라 별의 운행을 관찰하고, 앞으로는 우리나라의 밝은 빛이 세계를 주도할 것이라고 하며 우리나라를 불편하게 만드는 나라가 있다면 그 나라가 오히려 해를 입을 거라고 말씀하셨습니다.

한국의 미래에 대해,

"우리나라의 경제발전은 지속될 것이고, 서방 선진국들이 우리나라에

도움을 요청하는 일이 자주 발생할 것이다. 상민 천민 계급의 원통하고 분한 마음을 풀어주기 위해 북한 정권이 수립됐으나, 다소의 충돌이 있겠지만 평화적으로 남북이 통일되며, 통일 후 미국과 연합하여 중국과 일전을 벌이게 된다. 한국이 승리하게 되며, 우리나라가 지구촌 중심 국가가 된다. 닥쳐올 중국과의 전쟁에 대비해 북한의 핵무장은 환영받을 일이다.

아등바등 살 필요 없다. 동해안에 엄청난 석유가 매장돼 있다. 나라의 운을 따라 돈 걱정 없이 국민 모두 잘 살 수 있다. 재능 있고 총명한 아이들의 출산이 대세를 이루어 우리나라로부터 세계의 지혜가 나온다. 이런 시기일수록 겨레의 우월성을 내세워 타민족을 업신여기거나 함부로 대해서는 안 된다."

"지구 대청소의 날(지구 대재앙의 종말론으로 오해받고 있는)과 인류 대사면의 날을 거치며 부드러운 봄바람, 모두가 기쁨이 넘치는 평화롭고 아름답고 즐거운 세기가 도래한다!" 하셨습니다.
柔和春風에 萬有常樂이 自樂自和의 喜悅의 太平安樂한 世界...

스승님은 닥쳐올 나라의 미래 운명을 상세히 열어 말씀하시고 숱한 일화를 남기셨지만, 스승의 우상화를 막고, 인류의 미래를 살피고, 세상 운행 법칙의 비의를 유지하기 위해 "자신을 속일 수 없으면 남도 속일 수 없다."라는 가르침에 따라 여기서 그치겠습니다.

108

스승님은 이 세상과 결별할 시간이 다가오자, 내 안에 함께해 주시며 우리가 꿈꾸는 신선의 세계가 바로 이 땅, 이곳임을 보여주셨습니다. 이 땅 이곳의 세계가 신선의 세계로 펼쳐졌습니다. 새로운 눈 새로운 빛이 얻어졌습니다.

일상의 모든 행위가 새로운 표정 새로운 얼굴로 다가왔습니다. 삶이 신비로운 색채를 띠며 전에 느낄 수 없는 감동을 선물하며 안겨 왔습니다. 모든 이웃들의 행동이 꿈속의 행동으로 각각의 멋진 모습을 연출했습니다.
함께 늘 나누는 보통의 음식도 음료수도 신기한 맛, 입안 가득 환한 향기가 되었습니다.

숨겨진 사랑이 구체적으로 느껴졌습니다. 처음 본 사람들이 부모가 돼주고 애인이 돼주고, 낯선 젊은이들이 오래 묵은 친구이듯 자신의 애인을 내 무릎 위에 앉히며 다가왔습니다.
인사 방법도 사람 수만큼 다양했습니다. 거꾸로 서서 걸어오며 인사를 하거나, 기운 넘치는 팔굽혀 펴기로 인사를 하거나, 머리채를 휘어잡으며 인사를 하거나, 무릎으로 걸어 인사를 하며 반가워했습니다.
발길 닿는 곳, 머무는 낯선 집이 내 집이 되어 잠자리를 제공해 주고 식사를 제공해 줬습니다.
한 나이 지독한 어르신이 산길을 동행해 주시며, 산 폭을 좁게 해 기운이 흩어지지 않고 위로 솟게 한 이곳 산세에 관해 설명하시고, 한쪽 산을 들어 다른 쪽으로 옮기는 것도 어려운 일이 아니라고 말씀해 주셨습니다. 모든 게 새롭고 환희롭습니다.

......

당신의 현재 삶이 존중되고 / 당신의 본능이 이해되고 / 당신의 지나온 생들이 기억되는 곳 / 자유롭고 여유롭고 멋과 맛과 향이 있는, 기쁨과 환희 설렘이 있는 곳 / 과거도 미래도 아닌 현재의 땅이 신선의 땅입니다 / 당신이 신선이고 당신이 선녀입니다.

"형체가 없는 빛의 몸이 큰 허공과 한몸이 되고, 우주를 손아귀에 넣으니 해와 달과 함께 빛나며 온갖 변화가 마음대로 이뤄진다. 나의 신령스러운 기틀이 천지에 가득해 이르지 않는 곳이 없으며, 존재의 틀을 벗어나 하늘과 더불어 장구하다. 이를 최고의 '신선'이라고 한다." 현대의 신선인 현빈 전병훈(1857~1927)이 하신 말씀.

내 안에 신선이 함께하니, 그 어느 분이나 신선이고 선녀입니다.
핍박자가 신선이었음을, 부모 형제가 신선이었음을 어찌 알았겠습니까, 그 어느 곳이나 신선의 일터이고, 일이 곧 즐거움인 선경입니다.

스승 모시는 일도 직장 생활도 다 때려치고 입산했습니다. 시골 폐가를 거저 얻다시피 한 가격으로 구입해 여든둘의 보살님과 집을 개보수해 6년 동안 같이 생활했습니다.
저는 누워 있는 일이 일의 전부였고, 보살님이 세 끼 식사를 챙겨주셨습니다. 늙은 보살님은 이 폐가의 웃절을 창건하다시피 한 신심 돈독한 불자로 한때 모 사찰의 신도회장을 지낸 분이십니다.
젊어서 6.25 난리 통에 두 아들을 잃고 남편과도 일찍 사별하여, 남편동생이 낳은 남매를 키워 사회로 내보냈는데, 재산 문제로 이들 조카와 다툼이 벌어져 남자 조카가 큰어머니인 보살님을 목 졸라 죽이려 한 지경까지 이르자 절 가까이 폐가를 헐값으로 인수해 저와 생활하게 됐습니다.

이분이 웃절에 계실 때 살생이 싫어, 배추벌레를 죽이지 않고 배춧잎에서 젓가락으로 벌레를 한 마리 한 마리 떼어내 풀숲에 던졌다고 합니다. 보살님은 신심 깊은 불제자임에도 저에게 목사 한 분을 소개하셨습니다. 이분은 전라도 지리산 남원에서 목회 사역을 하다 고향 청양으로 돌아와 이장 일을 하시며 농사를 짓는 분이셨습니다. 사모는 미용 기술이 있어 노보살님의 머리를 손질해 주곤 하셨습니다.
이분의 인도로 시골교회 서울교회 몇 곳의 예배에 참석했습니다.

# 04  얼이(섹스·젠더) 찬가

종교의 많은 가르침은 씨를 전하고 받는 상징어의 축조일 뿐입니다. 子學

### 가

여자와 소년이 함께 있으면 묘(妙=女+少)한 일이 일어납니다.

꽃대가 아름다운 몸을 '묘려'라고 하고, 예쁘게 생긴 썩 젊은 사내아이를 '묘소년'이라고 합니다.

처녀의 유방에서 나오는 젖을 '묘유',

꽃다운 나이를 '묘령·묘년', 꽃다운 신랑을 '묘랑'이라고 합니다.

여자의 성기를 '묘문'이라고 합니다.

세계의 중앙에 있는 산을 '묘광산'

불교 최고 경전을 '묘법연화경'이라고 합니다.

불교 수행의 단계로서 52위 가운데 가장 높은 지위를 '묘각'이라고 합니다.

니련선하 강물 목욕 후 얻은 16세 남성의 몸[장육금신]과 단중 수련으로 폐경을 극복[참용관음]하여 얻은 14세 여성의 몸을 '묘색신'이라고 합니다. 여기서 '묘혜'가 나옵니다.

여자는 남자 몸을, 남자는 여자 몸을 각각 자기 몸 안에 품고 하나를 이

루어 신묘하고 기이한 금빛 광명을 성취했을 때, 궁극의 도달처 신선이
라고 합니다.


🌼 **나**

그 오랜 시간의,
난장판의 역사가 가져다주는
억압과 압제와 폭압의 몽둥이세례 속에서도
의연하고 꿋꿋하게
외방, 추방의 다리를 건너
버텨온 생명력, 세력의 통합
너는 정치도 이념도 아닌 얼이(섹스)다.


모진 구박과 협박
험상궂은 탄압과
몰아치는 혐오와 조롱과 멸시의 매질에도
수모, 모멸의 강 건너
굴함이 없이 환희를 발산하는
너는 예술도 철학도 아닌 얼이(섹스)다.


숨 쉴 곳을 허락하지 않는 번뇌와 고뇌를
일순간에 잠재우는 초월 능력
생의 고통을 종식하는 결합의 미소

평등과 포용과 화해와 용서 그리고 사랑의 시작
약속의 숨결
너는 종교도 믿음도 아닌 얼이(섹스)다.


꽃 **다**
멀어질 듯 멀어질 듯 멀어지지 않는
우리 사이의 거리가
당신을 그리워하게 만듭니다.


떨어질 듯 떨어질 듯 떨어지지 않는
우리 사이의 거리가
당신을 그리워하게 만듭니다.


그리움은 열망이 되고
열망은 태양이 되어 당신을 비춥니다.


지구 당신의 아들이 탄생했습니다.

* 大小遊의 曆이 一分의 差도 없는 것을 天地日月이 立證하니 만일 疑心이 있으면 太乙神數小遊
  를 詳考하면 疑心이 거의 풀린다.
* 수행은 마땅히 부부가 교합하는 것을 본떠야 한다(부부가 교합하면 태아가 생겨나듯). 성태
  장양→출정→법신(양신) 출현.
* 불을 잘 지펴서 성불의 씨앗을 틔워야 한다.

# 05　희망과 약속의 말씀(성경 이사야 49장)

주께서 내 머리 위로 손을 펴서 항상 나를 보호해 주신다. 그리고 항상 필요할 때마다 주께서 내 입에 칼처럼 날카로운 말씀을 넣어 주시고 또 나를 먼 곳의 표적에까지 명중시키는 화살로 만들어 주의 화살통에 숨겨 놓으셨다.

주께서 나를 예언자로 세우시면서 "네가 나의 종이다! 내 일을 네게 맡겼으니, 내가 네게서 나의 영광을 드러내겠다!" 하고 말씀하셨다. 그러므로 주님의 종이 된 백성이 결국 세계만방에서 주님의 영광을 드러낼 것이다.

그런데도 나는 전에 이런 탄식을 하였다. "내가 헛수고만 하였다. 내가 있는 힘을 다 쏟았으나 얻은 것은 하나도 없다!" 그러나 주께서 내 억울한 사정을 풀어 주셨고, 나의 수고에 대하여 갚아주셨다.

폭군들을 섬기며 모든 사람에게 멸시와 천대를 받는 백성에게 그들의 구세주이신 거룩한 하나님께서 이렇게 말씀하셨다. "네가 해방될 때 세상의 왕들이 모두 바라보고 네 앞에서 일어설 것이다. 세상의 지배자들이 일어나 네게 경배할 것이다." 겨레를 선택하여 자기의 백성으로 삼으신 하나님께서 겨레의 거룩한 하나님으로서 언제나 약속을 지켜 주시기 때문에 이 모든 일이 그대로 이루어질 것이다.

하나님께서 이렇게 말씀하셨다. "내가 너희를 불쌍히 여기는 때가 오면 너희가 부르짖는 소리를 내가 들어주겠다. 내가 너희를 해방하는 그날이 오면 너희를 구원하겠다. 너희가 멸망하지 않도록 너희를 보호하겠다. 내가 너희를 보내어 세계 만민과 계약을 맺으려고 하기 때문이다. 그래서 내가 너희를 다시 고향 땅으로 보내 주겠다. 너희가 두고 온 땅을 되찾아 다시 나누어 가질 것이다.

타인으로 돌아가는 광야의 길에서도 내가 언제나 너희를 돌보아 주겠다. 내가 너희를 항상 보호하여 너희가 거친 황무지에서도 초원을 찾아다니는 양 떼처럼 늘 배불리 먹도록 하겠다.
그래서 너희가 도중에 굶주림이나 목마름으로 고생하지도 않고 사막의 뜨거운 바람이나 뙤약볕 때문에 해를 입지도 않을 것이다. 내가 너희를 항상 불쌍히 여기고 시원한 샘터로 인도해 줄 것이기 때문이다.
하늘아, 환호성을 질러라. 땅아, 기뻐 찬양하여라. 산들아, 기뻐 소리를 질러라! 보아라, 하나님께서 자기 백성을 해방하시고 짓눌려 살던 자기 백성을 불쌍히 여겨 위로해 주셨다.

그러나 주께서 이렇게 말씀하셨다. "과연 어머니가 젖 먹는 자식을 잊어버릴 수 있느냐? 자기 태에서 나온 자식을 불쌍히 여기지 않는 어머니가 세상에 있느냐? 만일 세상의 어머니들이 자기 자식을 잊어버릴 수 있다고 하여도 나만은 너를 결코 잊을 수가 없다!
나는 너를 내 손바닥에 새겨 놓았다. 네 무너진 성벽들이 항상 내 눈앞에

어른거린다. 너는 지울 수 없는 문신처럼 언제나 내 마음에서 떠나지 않는구나.

여기에 살 사람들이 이미 떼를 지어 네게로 몰려온다. 그들은 네 몸을 장식하는 귀중한 패물과도 같아 쓸쓸한 과부와 같던 네가 혼례식장으로 들어가는 신부와 같이 아름답게 될 것이다.

하나님께서 이렇게 말씀하셨다. 그러면 그들이 네 자녀를 품에 안기도 하고 등에 업기도 해서 네게로 데려올 것이다.

그 왕들은 네 자녀를 보호하는 양아버지가 되고 그 왕비들은 유모가 될 것이다. 그러면서도 그들은 얼굴을 땅에 대고 네게 큰절을 올리며 네 발의 먼지에 입 맞추며 네게 경의를 표할 것이다. 하나님이 바로 세계의 주인이며 나에게 희망을 두고 사는 사람은 결코 부끄러움을 당하지 않는다는 것을 네가 깨달아 알 것이다.

## 06  빛나는 사문의 길

**사문 석가모니**

왕자는 아노마 강가에 이르자 강물에 얼굴을 씻고, 칼을 뽑아 치렁치렁한 머리칼을 손수 잘랐습니다.

세속의 영화와 세속의 욕망을 잘랐습니다.

약속된 왕의 자리를 잘라버리고 진리를 찾아 떠나는 사문의 길을 선택했습니다.

'무엇을 먹을까, 어디서 먹을까?

오늘 밤은 어디서 자야 하는가?'

집을 버리고 진리의 길을 가는 사람은

이러한 걱정을 버려야 한다.

몸에 지녔던 패물을 모두 떼어 찬다카에게 내주며,

"이것들을 부왕께 전하여라, 그리고 싯다르타는 죽은 것으로 생각하시도록 하라! 내가 출가 사문이 된 것은 세속을 떠나기 위해서가 아니라, 지혜와 자비의 길을 찾고 걷기 위해서다."

사냥꾼이 지나가자 호화스러운 왕자의 옷을 벗어 사냥꾼에게 주고 버려진 시체의 옷을 주워 입었습니다.

이제 왕실 침대를 대신하여 거리의 거친 땅 한 뼘이 침대가 되었습니다.

화려한 궁중의 옷을 대신하여 분소의를 걸치고

왕실의 음식을 대신하여 걸식의 탁발이 선택되었습니다.

시중을 드는 궁녀는 사라지고 하늘과 땅과 바람이 벗이 됐습니다.

아노마강의 다른 한쪽은 왕자의 거처였고, 아노마강의 다른 한쪽은 구도자의 길입니다.

왕자는 아노마 강을 건너 사문의 길로 들어섰습니다.

집을 버리고 집이 없는 구도자의 길로 들어섰습니다.


수행자가 되어 걸어가는 왕자의 눈은 빛났습니다.

멀리서 빔비사라왕이 이 모습을 보고 왕자에게 접근했습니다.

"그대는 어디서 오셨소.

집을 나오셨다면 돌아가시오.

원하신다면 내가 다스리는 나라의 전부를 줄 것이오."

사문은 말했습니다.

"나는 나고죽는 세계에서 벗어난 큰자유를 얻고자 하오.

이것은 왕의 자리보다 고귀한 것이오."


사문이 걸식하며 걸어갈 때는 그 모습에 환희하여

처녀의 가슴에서 젖이 철철 넘쳤습니다.

사람들은 수행자의 모습을 보고 이렇게 노래 불렀습니다.

"이렇게 아름답고 멋지신 이가 투시타 하늘로부터 내려오셨다는 것을 일찍이 한 번도 본 적이 없고, 또 그런 이야기를 들어본 적도 없다.
눈뜨신 분은 인간과 신들의 세상에 나타나서 이 모든 어둠을 쓸어가 버린다.
그리고 이분은, 이 인간 무리의 안개 속을 홀로 걸어가고 있다."

사문은 진리의 스승을 찾고자 노력했습니다.
무수한 스승을 만났고
마침내는 모든 스승을 뛰어넘어 혼자 길을 갔습니다.
온갖 유혹과 회유를 물리치며 홀로 정진해 나갔습니다.

6년의 고행을 마치고, 수자타의 젖을 먹고
7일간의 선정을 통해
마음의 하늘에 떠오르는 샛별을 만나며, 사문은 우주와 인간의 실상을 낱낱이 깨닫게 됐습니다.
사문은 마침내 우주의 주인인 붓다가 되었습니다.
"나는 모든 것을 이긴 자요, 일체를 알고, 일체를 행하는 자이다."

이제 사문은 하늘과 대지의 스승이 되었습니다. 붓다는 45년간 300여 회에 걸친 전법 여정을 떠났습니다.
상류층의 언어가 아닌, 대중의 언어 마가다ㄲㄸ어로 붓다의 가르침은 남김없이 뚜렷하게 설해졌습니다.
"이것이 있으므로 저것이 있고, 저것이 사라지므로 이것이 사라진다. 모든 남녀가 나의 부모라, 모든 땅과 물이 나의 몸이요, 모든 바람과 불이 나의 본체라. 존재하는 모든 것들을 사랑하라. 존재하는 모든 것들이여 행복하라!"

"어머니와 아버지를 하늘처럼 또는 큰 스승 섬기듯이 공경하고 예배하라. 어머니와 아버지는 한 가정에서의 하늘이요, 큰 스승이라. 자식은 부모님 때문에 해와 달을 볼 수 있게 되었으니, 그 은혜는 지극히 크니라. 부모님께 공양하고 효순하고 공경하되 그 시기를 놓치지 마라."

부처님의 제자 중에는, 수많은 사람을 고통으로 밀어넣는 미모를 지닌 '암바팔리'도 있었고, 천민 '우팔리' 이발사도 있었고, 천민보다 못한 계급의 똥치기 '니디'도 있었습니다.
"저는 지금 똥을 등에 져 더럽고 깨끗하지 못하오니 감히 가까이 모실 수가 없나이다."라고 하며 부처님을 피하던 똥치기를 강에 데려가 몸을 씻겨주고 성자의 반열에 오르게 했습니다.

"병자를 돌보는 것은 부처인 나를 돌보는 것과 같다."
"소리나 형상으로 부처를 찾는 자는 부처를 볼 수 없다."

붓다의 가르침은 처음 5비구로부터 출발하여, 처음도 중간도 끝도 유익하게 전파됐으며, 헤아릴 수 없이 많은 제자를 이루며 인도의 모든 지역에 평화롭게 전파되었습니다.

붓다는 늘 깨어있습니다.

그리고 그의 시간에 그는 모든 존재들에게 행복이 깃들도록 무한한 사랑 maitrī의 마음을 보냈습니다.

빈곤한 삶을 살아가면서도 어떠한 불편도 느끼지 않았고, 먹을 것은 스스로 탁발에 의지했습니다.

히말라야산맥 기슭, 샤카족들이 모여 사는 마을, 로히니 강이 흐르는 곳, 룸비니 동산에서 마야 부인의 몸을 빌려 태어난 가비라성의 왕자 싯다르타는 자비와 수행의 실천으로 붓다가 되어, 모든 이들이 그가 이룩한 세계에 도달하기를 바라며 그의 전 생애를 인류 사랑에 던졌습니다.

그는 모두의 스승이었고

그는 모두의 소유가 되었습니다.

그의 자비는 그의 연민은 모두의 자비 모두의 연민이 되었습니다.

부처님에게는 전 인류가 부처님의 재산입니다.

이제, 그는 진리를 찾고자 하는 이들과

고통과 고난에서 벗어나고자 하는 모든 이들의 자산이 되었습니다.

부처님을 통해 '내가 곧 부처'임을 확인할 수 있기 때문입니다.

# 07    신선 여동빈*八仙列傳

## ✿ 가

여동빈은 나이 50에 신선이 되었다. 명문가의 집안에 태어나 수려한 용모에 탁월한 글 재능을 지녔으나 출셋길 시험에 세 번씩이나 낙방하였다. 그는 선배지혜로부터 도의 여러 가지 비법을 익히고 기이한 일을 행하였다.

허베이성에는 시내를 관통하는 강이 흐르고 이 강에는 큰 다리가 하나 놓여 있었는데 그 다리에는 많은 사람들이 왕래하고 있었다.
하루는 다리에서 한 부인이 구걸하고 있었다. 너무 가련하게 보여서 지나는 사람마다 한두 푼씩 던져 주었다. 그런데 허름한 도복을 걸친 어떤 도사가 지나다가 부인에게 말을 건넸다.
"부인, 돈이 많으신 듯한데 나에게도 좀 나눠 주십시오."
"도사님이 갖고 싶은 만큼 가져가십시오."
도사는 동냥 그릇에 담긴 동전을 모두 자기 걸망에 쏟아 넣었다. 그 부인은 돈에 미련을 두지 않고 선뜻 돈을 다 내주었다. 이틀 뒤, 도사는 부인에게 또 와서 돈을 또 달라고 했다. 부인이 고개를 끄덕이자, 그 도사는 동전을 모두 털어갔다.

며칠 지난 후 날이 어두워질 무렵에 그 구걸 부인이 막 자리를 거두려고 하는데 허름한 도사가 다시 와서 또 돈을 달라고 말했다.

부인은 "다는 안 되고 조금은 남겨 놓으세요."

"아니오. 나는 전부 가져가야겠습니다."

"그러시면 안 됩니다." 부인은 완강히 거절했다.

"몇 푼은 남겨 놓아야 늙은 시어머니 배를 채울 수 있습니다."

"지난번엔 두 번이나 와서 두 번 다 전부 가져갔는데 그때는 아무 말씀도 없었잖습니까?"

"그때는 도사님께서 일찍 오셨기에 다 드릴 수 있었습니다. 그땐 아직 구걸할 시간이 남아 있었지만, 지금은 해가 저물어 나도 돌아가야 하기에 다 드릴 수가 없습니다."

"어렵게 구걸한 몇 푼 되지도 않는 돈을 부인은 왜 나에게 다 주었습니까?"

"그야 원래 그 돈이 내 돈이 아니지요. 남이 나에게 베푼 것이니 저도 남에게 베푸는 것이 마땅하지요. 더구나 도사님들은 착한 마음으로 많은 사람을 위해 일하시는 분이니 이렇게 하는 것은 당연하지요."

"부인께서는 여기에 매일 나오시는지요?"

"아닙니다. 먹을 양식이 없을 때만 잠깐씩 나와 앉아 있습니다. 구걸하여서 돈을 모으는 사람도 있다지만 저는 그럴 생각은 전혀 없습니다."

"집에는 누가 계시는지요?"

"남편은 병으로 죽었지요. 제가 전생에 착한 일을 한 적이 없는지 자식은 없고, 다만 늙으신 시어머니가 혼자 남아 나를 기다리고 있을 뿐입니다."

구걸 부인은 덤덤하게 말을 마치고 곧 무릎으로 엉금엉금 기기 시작했다. 그걸 보고 도사는 놀라서 물었다.

"아니! 일어서지도 걷지도 못하십니까?"

"도사님 저는 오래전부터 다리를 쓰지 못합니다."

"그렇다면 매일 기어서 이 다리까지 오십니까?"

"그렇습니다. 저보다는 늙으신 시어머니가 계셔서…."

"이토록 착한 며느리가 이처럼 고생하다니!"

"부인, 내가 비록 가난한 도사이지만 약간의 돈이 있습니다. 많진 않지만, 시어머니와 오랫동안 함께 먹고 살 수 있는 돈이니 걱정하지 말고 받으십시오."

도사는 부인을 향해 손을 내밀었다.

"이 손을 잡고 천천히 일어나 보시오."

구걸 부인은 도사의 손을 잡았다. 놀라운 기적이 일어나고 있다. 부인이 일어서고 있다.

"여기 그대로 서 계세요. 내가 물을 한 모금 떠다 드리겠습니다."

도사는 급히 다리 아래로 내려가 그릇에 물을 떠갖고 왔다.

"부인, 이 물을 마시면 모든 병이 다 나을 것입니다."

그 부인이 꿀꺽꿀꺽 물을 다 마시자, 다시 도사는 말했다.

"자 나를 따라 걸어 보십시오."

부인은 도사가 시키는 대로 한 발짝 한 발짝 걸음을 떼어 놓았다. 순간, 도저히 생각할 수도 없는 일들이 벌어졌다.

눈물을 줄줄 흘리면서 부인이 걸어가고 있다.

도사는 부인을 따라 집안으로 들어섰다. 그러고는 허리에서 자루를 하나 풀어 놓으며 말했다.

"이 자루 속에 든 돈은 모두 부인 것입니다."

부인은 무릎을 꿇고 감사하다는 인사를 수없이 했다. 그리고 도사의 존호를 물었다. 옷을 잡고 매달리며 이름을 알려 달라는데 어찌할 도리가 없었다.

"나는 여동빈입니다."

그 부인이 다시 고개를 숙이고 인사를 할 때 이미 여동빈의 종적은 간데 없다.


## ✵ 나

어느 날 시장 거리에 한 도사가 나타났다. 짚신에 도복을 입은 그는 등에 칼을 메고, 손에는 먼지떨이 같은 불자를 들고 있었다. 차림새로 보아서는 결코 거지가 아닌데도 거리에서 구걸하고 있었다. 지나가는 사람들은 구걸하는 도사를 불쌍히 여겨 한두 푼씩 조그만 항아리 안에 동전을 던져 주었다. 그 도사의 동냥 항아리는 밥그릇보다도 더 작았다. 그러나 이상하게 돈을 넣는 사람이 많은데도 그 작은 항아리는 채워지지 않았다.

도사는 하루 종일 앉아 있었다. 그런데도 항아리는 채워지지 않고, 계속

비어 있는 것이다. 행인들도 이상해서 도사를 둘러싸고 너도나도 한두 푼씩 동전을 더 넣었다. 심지어 어떤 사람은 조그만 돌멩이를 집어넣으며 주위를 떠들썩하게 했다. 그때 어떤 화상이 어린 동자승과 함께 짐수레를 타고 나타났다. 그 짐수레에 가득 찬 것은 시주로 모은 절에 쓸 돈이었다.

화상은 '가득 찰 수 없는 조그만 항아리' 때문에 떠드는 사람들을 제치고, "저것은 분명히 눈속임이야!  한 자루의 돈이면 저 크기의 항아리 백 개는 채울 수 있지." 중얼거리며 그 도사에게 엄숙하게 말했다.
"여보게 도사여, 그것은 요사한 눈속임이요.
어찌 그 조그만 항아리는 채워지지 않습니까?"
화상은 도사의 속임수를 파헤쳐 어리석은 사람들을 깨우쳐 주고 싶었다. 그는 수레에서 동전 한 자루를 갖다 놓고 항아리에 집어넣기 시작했다. 그런데 그것은 그야말로 밑 빠진 독에 물 붓기식이었다. 동전을 끝이 없이 부어도 항아리는 채워지지 않았다. 도저히 믿을 수 없는 일이다.
다시 한 자루 더, 한 자루 더하다가 끝내는 한 수레의 동전이 작은 항아리 속으로 모두 사라졌다.

"요술이야. 이건 정말 요사한 속임수야!"
화상은 펄펄 뛰며 소리치며, 도사를 움켜잡고 관가에 가서 이 사실을 놓고 진실 여부를 따지자고 억지를 부렸다.
도사는 "서둘지 마시오. 내 곧 돌려주겠소." 하고 종이쪽지를 작은 항아

리 속에 집어넣으면서

"빨리 내 오너라." 하고 말했다.

그러나 한동안 아무 기척이 없었다.

화상은 더욱 조급하게 재촉해댔다.

도사는 "잠깐만 기다려 주시오. 내가 들어가서 찾아봐야겠소!" 하고는 조그만 항아리를 길 가운데 놓고 도포 자락을 휘저으며 항아리로 펄쩍 뛰어 들어갔다. 도사는 새끼손가락만큼 작아지더니 그대로 항아리로 들어갔다. 어떤 소리도 움직임도 없다.

모두가 어안이 벙벙해 있었지만, 화상만은 비렁뱅이 도사에게 완전히 속았다고 분통해하며 더 참지 못하고 커다란 몽둥이로 항아리를 힘껏 내리쳤다. 항아리는 박살이 났다. 하지만 도사는 그 자리에 없었다. 다만 거기에는 아까 집어넣은 종이쪽지만이 남아 있었다.

"진실은 언제나 진실 그대로인데, 진실을 보고도 깨닫지 못하는구나. 웃으면서 다시 만날 것이니 동평으로 오시오."

화상은 종이쪽지를 한번 훑어보고, 화는 화대로 나고, 무슨 뜻인지 잘 알지도 못하겠고…, 빈 수레를 타고 가다 보니 동평이라는 마을이 나타났다. 화상은 빈 수레에서 내려 앞을 주시하며 빨리 걸었다.

그런데 저 앞에 아까 그 비렁뱅이 도사가 앉아 있었다. 화상이 다가가자, 도사가 말했다.

"내 여기서 기다린 지 오래요. 찾고자 하는 돈은 저 수레에 담겨 있을 거요."

마침 같이 있던 동자승이 "대사님, 돈이 여기 그냥 있어요!" 하고 소리쳤다. 화상은 깜짝 놀라며,

"제발 도사님의 존함이나…."

"나는 여동빈이라 합니다. 내 생각으론 화상과 내가 인연이 있어 이 속된 세상 벗어날 방법이나 말해 주려 했는데 돈 냄새를 뿌리치지 못하니 우리 인연은 이미 끝났소."

화상이 급히 꿇어앉아 머리를 조아렸지만, 그러나 여동빈의 모습은 다시 볼 수 없었다.

* 『황금꽃의 비밀(太乙金華宗旨)』의 저자.

정치

# 01 한나라 거레 말글

우리 말글이 우리 몸과 마음을 잘 자라게 하고 있는지.

한글은 그 참으로 가슴 아픈 고독한 출발로부터 시작하여 고단한 생을
잘 견뎌 왔다.

상류층 지식 독점 지원을 위한 전 국민 무식화 사업으로 한글은 450년
간 휴면 상태에 들었다가, 창조적 혁신 그룹이 일으킨 갑오개혁*으로 숨
을 몰아쉬고 깨어나,

* 1894.7.27. 2차 갑오개혁으로 1894년 12월 12일(양 95.1.7) 조선 고종이 종묘에서 한국사
  최초의 근대적 헌법 개혁강령 「홍범 14조(洪範 十四條)」를 순한글체, 국한문 혼용체, 순한문
  체의 3가지 체로 작성 선포하고, 이틀이 지난 후 음력 1894.12.14. 일자 「대한제국 관보」에
  같은 내용이 3가지 체 모두로 또한 실렸다.

조선어학회 수난 등 여러 산을 넘어, 미군정의 '영어 공용어' 시기를 거
쳐 오늘에 이르렀다.

『훈민정음해례본』 목판(6.25 때 소실)이 학조대사(1431~1514)에 의해 안동
학가산 광흥사 나한의 품에 숨겨져 보호되지 않았다면, 1940년 발견되
고 현재 열람되고 있는 안동본, 2008년 발견된 상주본도 존재 자체가 불
가능해, 한글은 세종이 일(?)보시던 변소 창틀을 모방해 만들어졌다는 식
의 끔찍한 유머가 진리의 말씀으로, 학계의 지당하신 말씀으로(그럴듯한 각

주가 달려), 이의 제기 없는 말씀으로 모든 이들에게 주입됐을 것이다. 환인의 우주 도해 '천부인 3'이 한글 제자해라는 주장들이 허깨비 소란으로 조소 됐을 것이다.

'왜정때'를 혀도 불편해하는, 종속개념(징정대는 식)인 '일제강점기'로 고쳐 부르게 해 36년간의 강점기 이전 이후 또 다른 어느 세월인가 '일제순점기'의 존재 가능성을 열어주신, 민초의 뼈와 살로 빚어내는 살아있는 현장의 말글을 역사의 그릇에 담아내지 못하는 하품 나는 노고들을 생각하며,

* 우리는 오랜 옛적부터 일본을 '왜'라 했다. 일본 큐슈지방으로 이주한 벼를 다루는 유순하고 아름다운 한달 여성을 왜倭(人+禾+女)라 하며, 일본(야마토)을 설립한 고대 우리 겨레가 '왜'이다.
  이들은 현재 일본 정신으로 흐른다. 이제 우리는 일본을 껴안고 이들이 독자적으로 키워온 문화를 아끼고 보호해 주어야한다. 지금 민초는 너절한 수식없이 '일제시대'를 '왜정때'라 한다.

한국어라는 게 정말 한심한 언어다. 인천공항만 벗어나면 아무 쓸모없는 말이 한국어. 외국 가서 한국어로 떠들어봐라, 알아듣는 사람 하나도 없다. 지적되지 않는 여러 가지 상황으로 우리만의 말씀이 되었다.

## ❀ 가
지적되지 않는 상황을 살펴보면

1) 왜 어려운가. 한국어는 허벌나게 사람 차별하는 '고급어'이다.
한국어는 나이에 따라, 신분의 고하에 따라, 직업의 귀천에 따라 그 말의

134

선택을 달리해야 한다.

늙었든 젊었든 사장이든 친구든 상대에게 'you' 하면 끝날 일을 한국에서는 상대의 나이가 몇 살인가 가늠하고, 계급 살피고, 돈, 권력, 학력들을 한참 고려하며 신경 쓴 다음 거기에 합당한 말을 선택해 골라 써야 한다. 이게 죽을 맛이다. 또한, 영어가 한국인의 입에 올라 번역되면 남편과 아내와의 관계가 돌연 주종, 상하, 지배 복종 관계가 돼버린다.


2) 한국 사회에서 생각 없이 반말했다가는 아구창 날아가고 뼈도 못 추린다. 살인으로 이어지기도 한다. 한국어에서만 있는 일이지만 반말했다고 사람 죽이는 일이 종종 있다.

우리나라 사람 알고 보면 이 반말과 존댓말 여부를 놓고 전 국민이 엄청나게 스트레스받고 있다. 그러나 여기에 대한 현실 감각이 있는 논문은 찾아보기 힘들다. 외국 학문 짜깁기 훈련으로 성장한 세대에게서 외국에 없는 관련 논문을 기대한다는 생각 자체가 불순하기도 하다.

이저리 재고 따지고 고려하고 학문적 점잔 떨고 시간 기다리며 이들이 고쳐질 때를 기다린다면, 반말 존댓말 사용에 따른 가혹한 시련에서 우리 겨레는 영 벗어날 수 없게 된다. 시련 탈출에 무엇이 두려워 주저하는가. 폭력을 동반한 문화대혁명의 광풍이 불어야만 하겠는가.


3) 『한국어 어문 규범』에는 어느 나라에도 없는 신조차 헤매게 하는 그들만의, '한글 맞춤법- 단어 띄어 씀'이 있어 전 겨레가 혹사당하고 있다. 평생을 띄어쓰기로 너나 할 것 없이 고생하고 있음에도 이에 대한 언

급은 적다.

지구 한 가족 시대에, 쉬운 우리글 한글이 띄어쓰기에 걸려 제 역할을 못하고 있다. 현행 띄어쓰기 규범은 어느 누구, 아무도 지키지 않는 지우개 규범이다.

남한의 띄어쓰기와 북한의 띄어쓰기가 엄청 다름을 통해 띄어쓰기는 언제든지 새롭게 다듬어질 수 있는 규범임을 알 수 있다.

알 수 없다 → 이것이 남한의 띄어쓰기 방식이다.

알수없다 → 이것이 북한의 띄어쓰기다.

현행 띄어쓰기 방식을 방치해 더 이상 국민을 힘들게 해서는 안 된다. 띄어쓰기 공포로부터 겨레를 해방시키는데 주저가 있을 수 없으며, 머뭇거릴 여유도 없다.

\* 현행 규범은 41~50 항으로, 주관적인 판단에 의존할 수밖에 없게 돼있는 내용이다. 복합어의 경우는 사전 등재 여부(그것도 큰사전)를 확인해야만 바른 띄어쓰기가 된다.

띄어쓰기 그로 인해, 삶의 호흡인 글쓰기가 어렵거나 재미없는 일이 돼서는 안 된다.


4) 한국민에게는 그들 말글로 된 성이 없다.

한국민들은 오천 년 역사를 자랑하고 자기 나라의 말이 있고 글이 있다며 선진국임을 떠벌리고 있지만, 한국인에게는 그들 말글로 된 성이 없다.

자기 나라말과 글이 있다면서 자기 나라 말글로 된 성이 없는 우스꽝스러운 나라가 한국이다.

\* 거의 다 한자 외성에 10%가 안 되는 성씨가 인구의 3/4을 차지하고 있다.

이런 현상에 대해 부끄러워할 줄도 모른다. 부끄러운 게 뭔지 모르니 부끄러운 일이 사라지지 않는다.

도대체 그들 말과 글이 있으면서 그들 말글로 된 성씨가 없는 민족이 지구상 어디에 있는가. 이런 한심한 민족이 한국 민족이다.


5) 한국인 가운데 순수 우리말로 말하는 사람은 단 한 사람도 없다.

자기 나라말만의 사용은 '생각 없는 사람의 짓'이 돼버렸다.

예를 들어, 순수 우리말로 "똥 누시고 똥구멍 닦으세요." 하면 백이면 백 즉빵으로 얻어터진다. 대신 한문과 영문으로 "변 보시고 비데 하세요." 하면 조용히 들어준다. 이제는 영어 모르면 학문의 어느 영역에도 진입할 수 없게 됐다. 한문이 누렸던 그 자리에 영어가 앉아 온갖 양반 호사를 누리고 있다.

이렇게 자기 나라말을 우습게 여기고, 남의 나라에서 온 말을 품격 있는 말로 대접하고 똥고집 피우며 한국민은 창피한 줄 모르고 이저말 앞세워 턱 쳐들고 다니고 있다.


## 나

환한 나라

새로운 물결 말글의 시대 문이 열렸습니다.


1) 한글 전용의 대표적 성공 사례로 성경을 들 수 있습니다. 'god'을 '하나님'으로 번역하지 않고 한자 '상제(上帝:우주를 창조하고 주재하는 절대자)'로

번역해 상제님! 상제님! 하며 성경이 전파됐다면 교회나 성당이 온통 굿판으로 변했을 것입니다.

이제, 지구 가족 모두가 차별 없이 쉽고 편하게 익히고 즐길 수 있는 말로 우리 말을 고치고, 첨단 문명의 지성 감성 발산의 향연장 넷에 펼쳐지는 넷어 등을 적극 수용해 'IT 문명'에 상응하는 유쾌 통쾌한 말글을 즐기고, 지역의 토착어를 표준어의 대열에 합류시켜 기름지고 찰진 풍요로운 말글 생활을 꾸려갑시다. 유별난 전문 용어도 더러는 인정해 우리 말글의 별미를 맛볼 수 있도록 합시다.

2) 분별과 차별 문화의 산물인 반말·존댓말 언어 체계를 예사말·전문어 체계로 전환하여 거리낌 없고 격의 없는, 부담 없이 즐겁고 활기찬, 서로를 친근한 벗으로 이웃으로 반갑게 맞이하는 사회를 건설하도록 합시다.

* 몇 가지 실험 (경희대 '23. 11. 27 수업 등) 예로 '예사말' 체계로의 전환이 어려운 일이 아님을 알 수 있다.

3) 지금의 띄어쓰기 문제점을 지적하는 여론을 귀담아듣고, 속독력·독해력·정서력을 고려한 쉬운 띄어쓰기 방식으로 쓰고 있는 어문 규범을 시급히 바꿔야 합니다.

* 예1) 현행 띄어쓰기 규범에 따르면, '리아 는 여성 가수 국회의원이다.'라고 하면 틀린다. '리아는 여성 가수 국회의원이다.'라고 써야 맞다. '리아' 의원을 '리아는' 의원으로 개명해야만 한다.

안팎의 견디기 힘든 여러 도전과 횡포에도 우리 말을 아끼고 지키고 키

우고 다듬고 가꾸어가는 그 소중하고 고운 마음을 누군들 모르겠습니까! 말글의 혼탁을 깨끗이 하고, 무질서를 바로잡아, 겨레의 향을 품고 피워 가는 그 정성과 그 노력을 지켜보지 않을 사람이 어디 있겠습니까! 하지만 지구촌 이웃들과 '한 가족으로 살아가기' 위해 몇 가지 쉽고 간편 한 띄어쓰기 규범만으로 만족하셨으면 합니다.

4) 오늘 밝게 드러난 겨레의 기상으로 조상의 뿌리를 밝혀, 놓치고 빼버 리고 잊힌 우리말 성씨(아지, 가리, 모수, 부루, 밝한…)를 가계마다 되찾아 두루 살려 쓰고, 만들어 써, 확보된 근원의 질서로, 안정된 토대 위에 생명력 넘치고 의욕 넘치고 활력 넘치는 겨레 가문의 삶을 꾸려가도록 합시다.

5) 우리말글을 존중하고 귀하게 여겨, 낮고 천한 생각, 낮고 천한 행동, 낮고 천한 물건의 이름을 짓는데 우리 말글을 사용해서는 안 됩니다. 이 렇게 해야 우리 말글로 살아가는 우리들이 우리 말글 속에서 삶의 기쁨 을 얻을 수 있습니다. 혀가 불편하고, 겨레의 정서를 담아 뿜어내지 못하 는 말들을 생각 없이 마구 사용하는 추태를 더 이상 부려서는 안 됩니다. 그리고 지상 최고의 말귀인식·표현조합 능력을 갖추고 있는 아름다운 우리 말글, 나라말글의 탁월성을 잘 살려, 쉽고 편안하고 즐겁고 넉넉한 말글살이로 행복을 누립시다.

덧붙여,
'어문규범(한글학자들의 전문적인 사고)'으로 말글의 생명력을 죽여서는 안 됩니다. 우리말글이 가슴에서 머리에서 지구 가족을 품으며 잘 자라도록, 말글의 존재 이유를 뚜렷이 드러내는 일이 '어문규범'의 일입니다.

전개되고 있는 겨레의 세기, 우주와 인간 운행 원리를 압축 표현하고 있는 우리의 말과 글이 지구촌 중심 말글로 뿐만 아니라, 더 나아가 지구 가족 모두가 널리 쓰는 말글이 되도록, 배냇애가 어머니 배를 뚫고 세상에 나오기 위해 온 힘을 쏟아내는 것처럼, 겨레의 말글 개선을 우리 모두의 과제로, 우리 모두의 목표로 삼아 국민 에너지를 여기에 집결합시다. 한겨레의 '말글혁명'으로 지구 가족을 하나로 품는 노를 저어갑시다.

우리글을 키우면 우리말에 힘이 생기고
우리 말에 힘이 생기면 우리 정신에 능력이 생기고
우리 정신에 능력이 생기면 지구 가족을 하나로 묶는 동력을 겨레의 얼에서 제공할 수 있습니다.
인류 말의 뿌리가 우리말 사투리에서 찾아집니다. (姜相源)

# 02 나라 이름

## 가. 한나라

1) 「대한민국」이라는 이름이 제대로 된 이름인가.

통일 조국의 이름, 팔천만 겨레가 영혼에 품고 가슴에 담아 지켜 나가야 할 나라 이름이, 지금처럼 조선말 찌꺼기 정치 세력이 만든 「대한제국」이라는 찌그러진 제국의 모자를 조금 비껴 쓴 「대한민국」이라는 우스꽝스러운 이름으로 보전 유지 계속되어야 할지? 생각해 볼 기회를 얻고자 합니다.

차마, 지금 우리는 우리나라의 이름을 「대한민국」이라고 부르는 게 부끄러워 '코리아'로 불리는 것을 다행으로 여기며 꼬레아를 연호하고 있지는 않는지….

「조선」 왕조가 신흥 일본 세력으로부터의 탈출 모색 과정에서 러시아의 보호 아래 고종에 의한 '원구단 선포'가 「대한제국」입니다.(1897.10.12).

「대한제국」에서 '대한'의 '한'은 옛조선부터 우리나라를 일컫는 고유의 말로 고종이 나라이름을 통해 드러냈습니다.

* 첫 번째로 날이 새는 '첫샌'의 한자 표기가 '조선' 『신증동국여지승람, 권51 』입니다. '아사 달'은 '아침땅'의 옛말로 옛조선을 일컫는 말입니다.
* "우리나라의 땅은 삼한(三韓 ㅡ'고구려 · 백제 · 신라')의 땅이다… 각 나라에서는 조선이라고

하지 않고 한(韓)이라 하였다."「고종실록(1897. 10. 11. 3 번째 기사)」. 이렇게 「대한제국」의 '한'이 고종에 의해 국호의 한 단어로 선택되었습니다. '조선'의 다른 이름이 '한'입니다.

'제국'은 왕권으로부터 황권으로의 승격을 통해 러시아와 서구 열강의 침탈에 맞서기 위해 채택되었습니다. 열강에 채광권 벌채권 마구 내주며 이리저리 쫓기는 입장에서 이들 제국과 동등한 '제국'의 반열을 요구하며 '대한'에 '제국'을 붙여 「대한제국」이라는 나라이름이 탄생했습니다.

그 후 신해혁명으로 '중화민국'이 건국되고 이 영향으로 '민국'의 개념이 도입돼 '제국'을 '민국'으로 바꿔 「중화민국」과 박자 맞춰 「대한민국」이라는 이름이 시작됩니다. (1919.4.11)

* 서양 근대 정치사상의 확산으로 1911년 신해혁명[三民]이 일어났고, 우리나라에서는 1917년 7월 「대동단결 선언」이 공표되었다. 1919년 3월 1일 일으켜 세운 겨레 정신의 혁명적 승리로 1919년 4월 10일 밤 10시 제1회 임시의정원 회의가 개최되고 12시간의 토론 끝에 11일 '임시헌장'과 함께 국호가 「대한민국」으로 정해지며 『대한민국임시정부』가 들어서게 된다. 1948년 6월 7일 제헌의회 헌법기초 위원 표결, 30명 중 과반수가 넘는 17명의 표를 얻은 「대한민국」이라는 국호가 다시 채택되고 1948. 8.15일 대한민국이 출발한다. 이 국호는 지금까지 계속되고 있다.

여기서 나라이름에 쓰인 '한'에 대해 좀 더 살펴보겠습니다.

'한'은 크다, 밝다, 하늘, 넓다 등등의 큰 뜻을 나타내고자 할 때 쓰는 순우리말(아래 덧붙임 참조)입니다. '한'은 결코 한자 **'韓'**으로 쓸 수 없는 겨레의 시원을 드러내 밝히는 말입니다.

지난 시절, 한글 창제 이전 우리글이 없을 때 어쩔 수 없어 '한'을 **'韓'**으로 표기했지만, 우리글이 있고, 2년 후 통일을 눈앞에 둔 밝아온 겨레의 세기에 '한'을 복잡한 한자 '韓'으로 쓰는 일이 있어서는 안 되겠습니다. 거기다 '한'이 크다는 뜻인데 그 앞에다 또 큰 大를 더 써넣어 '大韓'으로 나라 이름을 겹말(겹침)로 만들어서도 안 됩니다. '처갓집' '고목나무' '자식새끼' '면도칼' 꼴이 돼서는 안 됩니다.

'대한민국'에서 '민국'은 '겨레'로 대체하면 됩니다. '겨레'라는 말속에는 황권이 아닌 민권이 담겨 있습니다. 민권이 살아 움직이는 단어가 '겨레'입니다.

우리나라의 나라 이름은 「한겨레나라」입니다. 이것이 현대문명을 살아가는 우리나라 이름이 됩니다. 줄여서 「한나라」로 부르면 됩니다. 이렇게 써야 '한'의 뜻이 제대로 드러나 '환한나라, 바른나라, 으뜸나라. 하늘나라(천국)…. 등의 뜻이 살아납니다. 통일 겨레의 나라이름이 「한나라」입니다.

\* 지금 『표준국어대사전 』에서는 「한나라」는 큰 나라라는 뜻으로, 우리나라를 달리 이르는 말'이라고 하고 있습니다.

한겨레 피땀으로 영근 세월의 열매들이 잘못된 나라 이름으로 썩어가서는 안 됩니다. 무엇보다 「大韓民國」·「韓國」·「大韓」이란 이름은 우리 겨레의 말글이 아닙니다. 우리나라 이름은 우리 말글로만 나타나고, 불릴 수 있도록 합시다.

천만 대 겨레의 영혼을 담아 노래할, 겨레의 심장을 울릴 북을 「大韓民

國」이라는 이름의 북채로 망쳐서는 안 됩니다. 우리 말글로 된 우리나라 이름 『한겨레나라』 즉 『한나라』로 겨레의 북소리가 지구 가족의 형제애에, 가슴에 울려 퍼지도록 합시다.

「대한제국」을 지나, 임시정부의 「대한민국」과 왜정의 「조선」이란 나라 이름을 거쳐, 「대한민국」·「조선민주주의인민공화국」 2국 체제의 나라 이름 이후, 통일 겨레의 나라 이름이 「한나라」입니다.

따라서 우리 민족은 '한겨레'가 되고, 겨레의 땅은 '한달'이 되고, 나라의 말은 '한말'이 되고,  나라의 글은 '한글'이 되고 나라의 국기는 '한발', 애국가는 '한노래'가 됩니다. '한'에 대한 설명을 따로 덧붙입니다.

〈덧붙임〉
'하'는 존재의 출발 시원을 말한다. 입을 크게 벌려 소리를 처음 낼 때 나오는 소리가 '하'이다. 우리은하가 열리고 태양이 탄생하고 태양이 빛을 내는 순간을 문자로 나타낸 것이 '하'이다. '하'의 완성이 '한'이다. '한'은 존재의 근원, 존재의 생성, 존재의 구성, 존재의 변화를 나타내는 말이다. 한의 일이 종교를 이끌고, 나라를 이끌고, 겨레를 이끄는 일이다. 우리겨레 정신을 한마디로 '한'이라 한다.

한에는,

- '하늘'이라는 뜻이 있다.

한님(하늘님-하느님, 환인), 한날(하늘), 한나라(하늘나라), 한민족(하늘민족), 한겨레(하늘겨레), 한글(하늘의 글자), 한숫(환웅), 한얼사람(신인). 한우산(천의산-영변), 한님산(천성산-은산), 한등산(천등산-안동), 한검산(천검산-선천), 한방산(천방산-서천), 한벌산(천평산), 한불산(천불산), 한밝산(천백산).

- '하나'라는 뜻이 있다.

한님(하나님-한 분), 한빛(하나의 빛으로부터)에 온 생명이 자란다. 한 어머니에 열 아들 꿈이 자란다. 한 정성 한 정성 다 모아 겨레의 뜰 가꾸어 간다. 한땀 한땀 스민 노고 추운 삶을 덮는다.

- '처음'이라는 뜻이 있다.

한날(하늘이 처음 열린 날), 한첫날(설날의 옛말), 한배검(시조, 원조), 한길(처음을 이루어 시작도 끝도 없이 가는 길).

- '밝음'의 뜻이 있다.

'한'은 '환'의 옛말로 밝음의 뜻이 있다. '한일' 즉 '태양의 일(밝은 빛[씨]을 뿌리는 일-하느님의 일)', 우리 땅이 환하고 밝은 새벽의 땅이므로 '한국(환국-밝은 땅-붉달-배달)', 우리겨레가 환하고 밝은 겨레이므로 '한(환)겨레'. 밝은 임금 '한검(밝달단임금군)'이다.

- '크다'는 뜻이 있다.

한나라(큰 나라라는 뜻으로, 우리나라를 달리 이르는 말 〈표준국어대사전〉), 한달(한반도), 한눌(큰 누리), 한산(큰 산), 한강(큰 강), 한품, 한맥, 한울, 한쇼(큰소), 한물(큰물-홍수), 한비(큰비), 한새(큰새-황새), 한풀(큰힘), 한박(함박-크게 벌어진 입), 한가위, 한밑천, 한바탕, 한사리(밀물이 가장 높을 때), 한동작, 한주먹, 한인물 한다. 한시름 놓았다. 그놈은 한가락 한다. 그분 한성질 한다.

- '하나로 합친 · 통일 · 변하지 않는', '모두', '가득'의 뜻이 있다.
한마음, 한생(평생), 한가슴(온가슴), 한사랑, 그 여자의 한결같은 관심 속에, 짐을 한배 싣고, 물을 한입 머금고, 밥을 한 배 채우고.

- '신'의 뜻이 있다.
칠반을랑 손에다 쥐고집고, 나 한신도 한을 뫼셔 한 뫼셔오리, 한 뫼셔오리(부여 신)

- '으뜸'이라는 뜻이 있다.
한골(성골, 어느 한골 자제이신데-썩 좋은 임금 혹은 귀족의 자제이신데), 한골 나가다(썩 좋은 자제로 드러나다).

- '가장'과 '지극'이라는 뜻이 있다.
한껏, 한끝(맨끝), 한창, 한고비, 한여름, 한추위, 한꼭대기, 한더위에 털감투. 한물(전성기)간 총각이다. 품위가 한물 오르다. 좋은 액틀이 그림을 한물 돋보이게 한다.

- '중앙'의 뜻이 있다.

한낮(낮의 한가운데), 한복판, 한가운데, 한밤중(한밤중 뉘시오, 기척도 없이 남정방을 침입하시오).

- '길다'의 뜻이 있다.

한강, 한벌산(영평산-장평산), 한내(영천), 한밝산(장백산).

- '넓음'의 뜻이 있다.

한밭(대전), 한배산(광복산-이천), 한내(광천-양평), 한들(음성), 한산(광주), 한자락(넓은 품).

- '오램'의 뜻이 있다.

한동안, 한참(오랫동안), 한뉘(살아 있는 동안, 부모님이 물려주신 재산이 있으니 네 한뉘는 염려 없을 게다.), 한세월(한세상) 동고동락했다.

- '매우'의 뜻이 있다.

한순이 지나다. 한숨이 구만 구천 두. 그 여자로부터 한순간도 눈을 떼지 못했다. '한아름 한가득 당신 사랑 가슴에 품고.'

- '많음'의 뜻이 있다.

한껏, 하다(하두) 먹으니. '地獄앳 한 브리 흔쁴 다와다 잇거든(지옥의 많은 불이 함께 다그치거든'『석보상절』

- '강조'의 뜻이 있다.

한날은 그녀와 시간을, 한무리 새들의 지저귐은, 한무리 남성의 모여듦은, 한무리 남자들을 사로잡을 만큼의 매혹.

- '한꺼번'에 '일시에'라는 뜻이 있다.

한눈에 반했다. 불알친구였던 나를 한눈에 알아보았다. 시가지가 한눈에 들어오다.

- '무리'의 뜻이 있다.

한별(무리의 별), 한 의심이 다와다 발하니(무리의 의혹이 많이 일어나니) 『몽산법어』, 경상이 저무니 하니(이품 이상의 벼슬이 몇 무리인가) 『두시언해』, 한업(무리 업)이 청정하니라 『원각경』.

- '같다'라는 뜻이 있다.

한꼴, 한교실, 한집안, 한맛, 한배(동복), 한동생 한날에 태어났다. 그 남자와 한이불 덮고 자는 사이가 됐다. 사람들의 시선이 한데로 쏠렸다. 한가마밥 먹은 사람이 한울음 운다. 동서와 나는 한색(같은 합친 성격)이다. 그녀와 나는 한빛깔 한꿈을 이어간다.

- '바름'의 뜻이 있다

한눈팔지 않았다, 그는 한길로만 외수(잔재주) 없이 걸어왔다.

- '깊음'의 뜻이 있다.

한잠(깊은 잠) 자고 일어나니 정신이 맑고 개운하다.


- '조용하다', '여유롭다', '어떤', '대략' 등의 뜻이 있다.

'한갓진 한마을에, 한 공직자가 살고, 월급은 한 이백여만 원, 한 20분 거리를 유쾌하게 출근했다. 더도 덜도 말고 한 천년 살다 가자.'


- '어른'이라는 뜻이 있다.

한할마님(증조할머니), 한아바님(할아버님-할아버지), 한어버싀(조부모), 한어머니(할머니).


- '임금'이라는 뜻이 있다.

한검(왕검), 새밝한(고구려 동명왕), 마립한(신라 왕), 거슬한·밝거누리한·붉거누리한(신라 혁거세왕), 눌지마루한(신라 내지왕), 자비마루한(신라 김자비왕), 마한 변한 진한의 '한' 역시 임금의 뜻이다. 몽고나 돌궐에서도 왕을 크한, 극한, 비가가한, 이연가한 등으로 하였다. 북방유목민족은 왕을 한(칸)이라 한다.


- 권위자, 지도층을 나타낸다.

아도한·여도한·피도한·오도한·류수한·류천한·신천한·오천한·신귀한(「가락국기」의 9명의 추장), 서발한, 서벌한·서불한, '각간', '이벌간', '해간', '파미간' (한을 간으로 표기) 등으로 높은 직위 직명 등에 '한'을 사용하였다(신라). 요즘에도 사람들 사이에 서로 준중의 예를 갖춰 '간'을 붙여 '이웃간' '동서간' '사돈간'이라고 말한다.

\* 권력에 의해서 나라 이름이 바뀌어서는 안 됩니다. 겨레의 발랄한 기상이 나라 이름을 바꿔야 합니다.
문제가 던지는 궁극의 답변 나라 이름 '한겨레나라'가 펼쳐가는 '꿈의 광장'으로 지구촌 인류를 초대하고 싶습니다.


## 🌸 나. 한달(나라 땅이름)

누 천년 숨소리 거칠었어도 대륙의 꿈들이 열매를 맺어온 우리 땅, 나라의 땅이름이 '한반도'란 이름으로 불리는 기막힌 현실을 어떻게 감당해야 할지 모르겠습니다.


• '한반도'의 '반도' 그 치욕의 말에 대해 조금 언급해 보겠습니다.
일본은 온전하고도 완전한 섬나라인데, 한국은 덜떨어진 반쪽 섬이라고 일본 사람들이 붙여준 이름 '한반도'
일본인들이 한국인을 비하할 때 쓰는 '반도인(한토징)',
일본열도가 한국인을 경영해야 한다는 사고에서, 한국인의 정신을 소멸하고 한국인의 기상을 꺾기 위해 '반도인'이란 말이 일본인에 의해 채택됐습니다.
한국 여성을 납치하여 일본군 위안소로 넘기며 왜인들이 하던 말 "이깟 반도년을…" 지금, 그 말 '반도' 앞에, 한겨레 정신의 압축어 '한'을 붙여 '한반도'라는 이름이 나라의 땅이름이 되어 겨레 정신을 더럽히고 있습니다.

150

겨레의 밝고 기운차고 용기 있는 대륙의 기상을 죽이는 말이 '한반도'입니다. 현 세기를 살아가는 삶들에 어떤 희망도 선물하지 못하는, 대륙으로 펼쳐갈 우리의 이상을 담지 않은, 대륙을 품지 못하는 말이 '한반도'입니다. 우리 역사 어느 한 줄 어느 글 속에서도 찾아지지 않는 '희귀 말'이 '한반도'라는 말입니다.

* 일본에서 '한반도'라는 용어의 사용은, 일본인 기자가 1902년 2주 동안 한국을 여행한 후 적은 책에서부터이다. 여기에서 일본을 전도(全島), 한국을 반도(半島)라 하였다. 우리나라에서는 「소년한반도」-소년한반도사. 1906.11 창간, 최초 월간 소년잡지-에서 '한반도'라는 용어를 처음 사용하였다.
* 이베리아반도, 아라비아반도, 이태리반도…,에서의 peninsula는 라틴어 'paen(거의)'와 'insula(섬)' 뜻의 합성어로, 일본인들이 라틴어의 어원을 살려 '반도はんとうい'라 했지만, 한국인을 '한토징'이라 칭하는 것은 '조센징'의 예와 같이 한국인을 얕잡아 보며 쓰는 말이다.
* 대륙에서 바다로 솟은 땅은 '곶'으로 남한만의 땅이름은 '한곶'이 된다.

우리나라는 덜떨어진 섬도, 완전한 섬도, 반쪽짜리 섬半島도 아닌, '반도'라 부를 수 없는, 결코 섬이 주 경작지가 아닌, 대륙의 일부이자 대륙에서 뻗고 대륙으로 비상하고, 대양을 향해 소매를 걷는 땅이 우리 땅입니다. 지구가족 희망의 거주처가 우리 땅입니다.

* 1902년 고종은 이범윤을 간도관리사로 임명하여 간도를 직접 관할 통치했다.

유라시아 대륙, 아시아 동쪽 황금 들녘, 푸른 산하가 펼쳐지며 굽이쳐 응결돼 솟은 땅. 바이칼호를 시원으로 요동벌을 달려, 우수리강 동서 땅을 아우르며 시호테알린Сихотэ-Алинь산맥, 백두대간을 등마루로 화려한 꽃을 피우며 꽃향기를 날리는 겨레의 땅이름은 '한달'입니다.

인류문명의 출발지, 지구촌 문화·문명의 토양, 신이 머물고 아침이 열리는 땅 '한달'이 우리 땅이름입니다. 겨레의 어머니, 어머니 젖이 흐르는 땅 겨레의 품, 우리 땅이름은 '한달'입니다.

* '人物의 生은 東方에서 始作 하였고, 文明政治도 十極에서 始 하니 이것도 東에서 始하니 東國은 全天下의 祖國이니 人類文明이 어떻고 文化가 어떠니 하면서 其祖를 알지 못하면 똑똑한 子孫이라 하여 人類에 參禮 할 수 있을까? 我東國이 一神이 定位 하시는 神國이니 우리들은 分明이 이 元理를 깨달아야 할 것이다.'〈靑陽 천부경 해석〉
* 겨레의 역사 홍산문명과 수메르문명(쉬량즈)

겨레 정신이 싹트고, 겨레 정신을 불태우는 우리 땅 '한달'에서, '한'은 '환하다'의 옛말이며, 첫 번째로 날이 새는 뜻의 조선을 달리 부르는 말로 동녘의 밝아옴을 뜻합니다. '달'은 땅의 다른 이름으로, '배달(밝은 땅), 아사달(아침 땅), 양달(볕이 잘 드는 땅)', '음달(볕이 잘 들지 않는 땅)'에서 그 예를 찾을 수 있습니다.

『대한민국의 영토는 한반도와 그 부속도서로 한다』〈헌법 1장 3조〉 →
『한나라땅은 한달과 거기에 딸린 섬으로 한다.』

• 섬나라가 아닌데 부족한 섬이라는 인식을 가능케 하고, 우리 땅을 섬나라의 일부로 축소 귀속시키는 '한반도'라는 말, 이 말은 어느 때 어느 곳에서도 존재해서는 안 된다는 자각과 지적이 힘을 얻지 못하고, 우리 땅이름의 새로운 탄생이 머뭇거려지는 현실이 부끄럽습니다.
모두가 지성인이고, 지식인이 될 수밖에 없는 IT 문명 세기에, '한반도'란 이름이 우리 땅이름으로 사용되고 있다는 사실이 안타깝고, 가슴은 미어집니다.

한겨레의 땅이름은, 설렘과 기대 환호로 한마음 되어 외쳐 부를 수 있는 땅이름이 돼야 합니다. 광활한 대륙의 기상, 피와 땀의 결실처, 희망과 성취의 도달처, 벅찬 기쁨이 함께하는 땅이름이 돼야 합니다.

다가올 통일 겨레의 땅이름 '한달' 인류를 한 가족으로 품는 땅이름입니다.

## ❋ 다. 도시
도시의 춤, 도시의 꿈

사랑도 춤도 노래도 한뜰로 달리는 시대에 도시 설계에 있어 앞을 내다보는 안목과 시대의 흐름을 놓치지 않는 지혜가 있어야 한다.

지금은 글로벌 초연결 시대이다. 급격하게 세계는 하나로 통합되고 있다. 분열의 세기가 있으면 통합의 세기가 있고, 세계는 하나로 국가 단위의 역할은 사라진다. 국가의 춤이 아닌 도시의 춤이 세계를 지배하고 재배한다.

남북한 통일이 되면, 남쪽으로는 희망봉, 아라비아, 인도, 동남아, 일본 '부산'으로, 동쪽으로는 남북아메리카, 베링해저터널, 러시아, 중국 '평양'으로, 유럽 쪽은 시베리아횡단철도 노선과 연결해 '서울'로, 이들 각각 도시로 안겨 오는 세계 문화를 안고 품으며 지구촌 중심 자리에 한겨레 도시는 자리 잡게 된다.

서울이란 이름이 원래 '동쪽의 울타리'에서 온 말이다. 샛바람을 동쪽 바람이라고 한다.

– 서(동, 샛바람) · 한(서, 하늬바람) · 마(남, 마파람) · 노(북, 높새바람) – 그러니까 지구촌 동쪽 울타리로 서울이 당당히 서고 그에 합당한 대접을 받는다. 이런 흐름에 따라 행정수도는 부산으로 옮기게 된다. 평양에 있는 국가 기관 건물은 잘 보수하여 통일 정부에 필요한 용도로 쓴다. 대통령은 서울 중앙에 앉아 나라를 대표하여 행사에 참여하고, 도장 찍는 일에 종사하면 된다.


가까운 거리 벗 도시,
나무가 하늘만 바라보며 자라서는 안 된다. 옆으로 자라 잎을 키워야 훗날을 기약할 수 있다.


집구석에 갇혀 엄마나 조르고 있는 아이들은 크질 못한다. 자주 밖으로 나가 코피도 쏟고 멍도 들면서 큰아이들과 상대해야 아이들이 강해지고 부쩍부쩍 자란다. 한국의 청년이 이저 도시에 나가서 설치게 되면 국력이 해외로 뻗어가는 것은 당연한 이치다.


베트남에 왜 한류열풍이 부는가. 다 뿌려놓은 씨가 있기 때문이다. 독일과 일본이 전후에 왜 그렇게 잘 살게 되었는지 생각해 보면 알 것이다. 왜 미국이 잘 사는가! 이저 도시 가서 쌈판 벌여놓고 물건도 팔고 문화도 팔고 자지 보지도 팔고 하니까 그게 가능한 거다. 군대가 가면 그 나랏돈이 가고 문화가 가서 돈벌이가 시작된다.

제 도시 안에 갇혀 자기네들끼리 푸닥거리만 하고 있으면 제 닭 잡아먹는 짓거리밖에 안 된다.
이저 도시에 가서 병정놀이도 하고 그 도시 땅뙈기도 차지해 보고, 후견인 노릇도 해보고, 초코파이도 던져주고, 이렇게 해야 먼 거리 도시에 한국슈퍼가 생기게 된다. 교두보가 확보된다.
지구촌 이저 도시 젊은이들 패 보기도 하고 미워도 하고 애증의 세월을 보내며 춤추고 뛰어놀아야 그곳 도시민과 정이 든다. 도시는 국가 정서를 초월 도시 간 생명력 넘치는 교류가 활성화된다.

시민이 키워가는 도시가 국가 단위의 역할을 할 때, 국가의 그물망을 제거, 국가가 주는 멍에, 국가가 주는 짐, 국가가 주는 스트레스에서 벗어나 시민의 거리가 확보된다. 경쾌한 도시민의 삶이 유지된다. 국가는 짐을 벗고 하나 된 시민의 세계로 나간다.

국가라는 괴물은 공동의 힘, 공동의 지식, 공동의 쾌락을 먹고 자란다. 그 결과 필연적으로 개인적인 욕구[힘]는 무시되고 배척된다. 보석처럼 빛나기도 하는 개인적 삶의 희망은 버려지고, 개아적 쾌락은 짓밟힌다. 개개인이 축적한 지적 소양은 부서진다. 고장난 시계가 작동하는 '국가'를 버려야 한다.

다가온 지구인류의 세기,
우리는 국민을 초월
세계의 시민이다.

# 03   얼이

## ⚘ 가

어머니 몸을 빌려 이 세상에 나오기 전 저는 신선神仙의 세상에서 살았음에 틀림없다고 스스로 확신합니다. 확신하는 이유는 선녀仙女들이 가끔 나한테로 와서 나와 놀아주기 때문입니다.

하루는 불광역 근처 성당에 갔습니다. 이웃들 사는 모습이 어떤가 하고 여기저기 발길 닿는 대로 떠돌기 좋아해서, 걷다 보니 성당에 도착하게 됐습니다.

마침 신부님이 강론 중이었는데, 앞자리에 가서 앉았습니다. 이때 어떤 여자가 뒤따라오더니 내 바로 뒷자리에 앉았습니다. 그러고는 나지막하게 귀 가까이 대고 노래 부르듯이 내 이름을 부르는 것이었습니다. 물론 처음 본 아가씨였습니다. 그러고는 나보다 나를 더 잘 알고 있다는 듯이 소곤대며, 나를 밖으로 끌어냈습니다.

그 아가씨가 나에게 말했습니다.

"우리 얼이할래?"

팔을 잡아끌고 놀이터로 가서 사람이 보든 말든 내 무릎 위에 앉아 놀고…. 식료품 가게로 데려가서는 잡은 손을 놓지 않고 과일을 골랐습니다. 부부가 되었습니다. 그렇게 한 바퀴 돈 후 가까운 여관으로 나를 데려갔습니다.

"얼이하자"

그러고는 내 옷을 홀딱 벗기더니, 자기도 벗었습니다. 둘이 알몸이 되어 재밌게 놀았습니다.

## ✺ 나

처음에는 '얼이하자'라는 말에 당황했습니다. '얼이하자'는 '섹스하자'라는 우리말이었습니다.

잃어버린 우리말 '얼이하자'를 찾아 떠났습니다. 어딘가에 잃어버린 우리말 '얼이하자'의 흔적이 남아있지 않을까 하고, 남산에 있는 국립 중앙 도서관을 찾아 갔습니다.

그리고 찾았습니다.

'얼이'라는 말은 '섹스, 섹스하자'라는 뜻의 잃어버린 우리말로, '얼이'의 다른 말로 '얼다', '얼우다', '얼이다', '어우르다'가 있고,

'성교하다', '교합하다', '동침하다', '한데 합치다'와 같은 말이었습니다.

'엻다'는 '사랑스럽다'의 옛말입니다.

• '선화공주 니르믄 남 그슥 어러 두고(선화 공주는 남 몰래 정을 통하고)『서동요』

158

- '어론 님 오신 날 밤이여든 구뷔구뷔 펴리라.(정 통한 님 오신 날 밤이면 굽이 굽이 펴리라)' 〈황진이 시조〉

- '북창이 맑다커늘 우장 업씨 길을 난이, 산에는 눈이 오고 들에는 찬 비로다. 오늘은 찬비 맛밧시니 얼어(따뜻하게 한몸이 되어) 잘까 하노라' 〈임 제의 시조〉

- '남진어리하다'는 '서방질하다'의 옛말입니다.
'제 그 남진어리ᄒᆞᆫ 겨지비 둔말와 됴ᄒᆞᆫ 말로 다하 니일모뢰 가포마 니 ᄅᆞ니(제 그 서방질하는 여자가 그저 단말과 좋은 말로 그저 내일모레 갚으마 말하니)' 『번 역박통사』

- '뎌 나괴 어러 나ᄒᆞᆫ 노미(저 나귀 교합하여 낳은…)' 『초간본 두시언해』

### ✤ 다
'어른[성인]'은 본디 '얼운'으로 '얼이 한 사람'이란 뜻입니다. '어르신', '어르신네', '어어쉰네'는 '얼이[섹스]'한 사람을 몸갖춰 이르는 말입니다. '얼이'가 곧 시집보내고 장가들이는 일이고, '어르다'는 '짝짓기'라는 말입니다. '남진어르다'는 '사집가다'이고 '겨집어르다'는 '장가들다' 입니다.

- 陳氏 나히 열 여스세 남진어러 그 남지니 防禦 갏 저긔  닐오디(진씨가

159

나이 열 여섯에 시집가서 그 남편이 군대 갈 적에 이르되)『삼강행실도』

• '여슷 아두란 ᄒ마 갓얼이고 아기아두리 양지 곱거늘 각별히 ᄉ·랑ᄒ
야. (여섯 아들은 이미 장가를 들이고 막내아들이 모습이 곱거늘 각별히 사랑하여.)'『석보
상절』

• '父母 ㅣ 굿 얼우려커늘(부모가 억지로 결혼시키려 하기에)'『이씨감연』. '얼
우'도 시집 · 장가와 같은 말입니다.

• '시혹 三朝滿月에 겨집 남진얼이며 남진 겨집얼이노라(혹시 삼조만월에
계집은 시집가며 사내는 장가가노라)'『불정심다라니』

• '다 겨집 얼이니 각각 눈화 다티 사쟈커ᄂᆞᆯ 젼니 말이다가 몯ᄒ·여(다 장
가보내니 각각 나누어 따로 살자 하거늘 말리다가 못하여).'『이륜행실도』

## 라
이것저것 눈치 볼 것 없이 맘껏, 재주껏, 소신껏 섹스를 즐겨라. 그것을
우리는 승인한다. 그것이 '얼이'이고, '결혼'입니다.

지금 우리가 '보지' '자지' 라는 말을 사용하지 않을 경우 '얼이'라는 말
이 사라진 것처럼 '보지' '자지'라는 말도 사라져버릴지 모릅니다.
"안녕하십니까, 우리 보지 혹은 자지" 이렇게 인사는 못할지라도, 자지

나 보지를 '옥경, 옥문'이라고 표기하며 무슨 대단한 격식이나 갖춘 것처럼 생각해서는 안 됩니다.

이성과 섹스하고 싶을 때 "우리 얼이 할래" 이렇게 말하면 됩니다.

### ✸ 마
얼을 탄생하는 것이 얼이 곧 섹스입니다. '얼이' 없으면 얼빠진 사람이 돼 생명 활동이 중단됩니다.
'얼이'라는 말은 지금 우리 곁에 살아서 우리 삶의 원동력으로 작동하고 있습니다. 아래의 모든 말이 '얼이'에서 비롯됐습니다.

- 얼라리, 얼라리요, 얼러리아, 얼래껄래, 얼라리껄라리. (남녀가 성행위를 하면 주위에서 훔쳐보며 놀립니다)

- 얼싸안다, 얼혀설키다. (얼이는 얽혀설켜 싸안는 일입니다)

- 얼섞다, 얼우다, 얼리다, 얼랑덜랑, 엉그렁 덩그렁, 얼우렁더울렁. (얼이는 섞는 일입니다)

- 얼쑤, 얼절씨구 좋다, 얼씨구 절씨구 좋다. (얼이는 넣고 찧는 일입니다)

- 얼둥절, 얼벙벙, 얼쯤하다, 얼찐하다, 얼렁뚱땅, 얼광부리다. (얼이는 혼

이 나가는 일입니다.)


• 얼얼하다, 얼쭘쭘하다. 얼떨떨하다. (열락의 마무리입니다)

* 생명을 주는 소리 '어(어머니)'에서 '얼'이 비롯되어, '얼이'에서 생명이 탄생한다.
* 子는 北에 居하고 道는 南에 居해서 단지 南北만 方位를 定하여 子와 道가 相通하는 道路를 銀
  河水라 稱하며 人天那般은 眞天의 右에 居하고 人地阿曼은 眞天의 左에 居하니….


권력의 동력이기도 한 얼이를 생각했습니다.

162

# 04  몽양 여운형 선생을 기리며

우연한 인연으로 꽃나이에 남편과 사별하고 혼자 사시는 할머니와 함께 생활한 적이 있습니다. 이분에게서 처음 여운형 선생에 관한 이야기를 들었습니다. 이분은 종로에 사시면서 여운형 선생님 집을 들락거리며 여운형 선생의 옷을 바느질해 주셨다며 다음과 같이 말씀하셨습니다.

"여운형 선생은 안에서 독립운동하신 분이고 김구 선생은 밖에서 독립운동하신 분이다." 그러시면서,
"밖에서 독립운동하는 것보다 왜정 치하의 국내에서 독립운동하는 것은 몇 배 더 힘든 일이다."라고 말씀하시며 여운형 선생의 왜정때 활동을 회고하셨습니다.

또한, 해수면 상승에 따른 일본열도 침몰로 일본인들이 한국 땅에 몰려올 것을 대비해 난민 지휘 본부로 사용하기 위해 조선총독부 건물을 지었으며, 총독부 측량기사로 근무한 경력이 있는 남편에 대한 말씀도 하셨습니다.
이 말씀을 나에게 들려준 할머니는 성품은 곧고 마음은 정결하셨습니다. 허튼소리, 쓸데없는 군말씀을 하시지 않았습니다.

몽양 여운형은,

경기도 양평 출신 여운형(1886~1947)은 그의 할아버지의 꿈에 '태양이 떠오르는 꿈'으로 나타나 태어났다. 그래서 아호를 몽양夢陽이라 한다.

그는 최시형을 만나 독실한 동학 신도가 되기도 했고, 1906년 양평군 양평읍 묘골에 개신교 교회를 세운 기독교 신자이기도 했다.

어려서 남의 집 과수원 사과나무 과일을 따 먹다가 들켜 도망 나오다 가지에 긁혀 상처가 났는데 그의 아버지는 운형이를 혼내기보다는 과일나무를 도끼로 찍어버렸다. 상놈의 과일나무에 상처가 났다는 분노에서이다.

이런 아버지의 태도에 실망, '네가 상놈이면 나도 상놈. 네가 양반이면 나도 양반'이란 동반 상승의 혁명 사상을 여운형은 가지게 된다.

소년 시절에, 아이들과 남산에 놀러 가느라 주일 예배에 빠졌다. 이에 분노한 담임선생에게 체벌을 받았다. 몽양은 부당한 체벌에 자퇴로 응수 배재학당을 떠났다.

상민의 장례도 양반과 동등하게 밤을 새워 함께했고, 상민 소년의 관을 직접 들고 장례에 참여하기도 하였다. 1908년 자기 집 머슴을 전부 모아 놓고, "이제는 사람마다 각자 주체적으로 자기 인생을 살아야 한다."라고 말하고 머슴들 앞에서 종문서를 모아 소각했다.

1907년 안창호 연설에 감화되어 독립운동에 투신, 1919년 3·1 운동을 기획 주도, 일본의 3·1운동 진압을 '타이태닉이 작은 빙산을 무시하고 지나가다가 가라앉는 것과 같은 것'이라고 일본의 압제를 경고했다.

파리강화회의 소식 전달 임무를 이광수에게 주기도 했다. 손기정에게 올림픽 참가를 권유하고, 손기정의 금메달 획득 후 그의 가슴에 새겨진 일장기 말살 사건으로 그가 사장이던 조선중앙일보는 자진 휴간되었다. 1924년 손문의 권유로 중국 혁명운동과 반제국주에 가입하는 등 김일성, 레닌, 스탈린, 모택동, 주은래 등과의 세계 변화를 이끈 교류도 있었다.

우가키 조선총독 사위 야노는 "내가 만일 여자라면 무슨 수를 써서라도 여운형 선생과 꼭 결혼했을 것이다."라고 했고, 여운형이 죽었을 때 저렇게 잘 생긴 얼굴도 썩을 수 있을까? 했을정도의 미남에다, 건장미가 함께하는 호남 쾌남으로 여자들과 어울리는 데에 주저가 없었다.

여운형을 임시정부에서 탈퇴 시키려는 일본의 회유책으로, 일본 각료들이 여운형을 도쿄제국호텔로 초대한 자리에서, 오히려 조선 독립의 당위성을 주저 없이 당당히 밝히며 일본 각료들을 설득하는 여운형의 기개와 인품에 감탄, 그 자리에서 조선 통치의 실무 장관 고가 렌즈는 '여운형 만세'를 외쳤다.

1945년 8월 15일 새벽 일본 천황은, 항복 선언을 하기 직전 먼저 조선 총독 아베에게 "여운형을 총독 관저로 초청하여 일본의 한달(한반도) 지배권력을 여운형에게 넘겨주고, 일본인의 안전을 보장받도록 하라."라고 지시하였다. 이에 따라 여운형은 빠르게 한달 전지역을 장악하며 정부수립을 주도해 갔다.

그러나 미소연합 주력부대 24군단과 88여단의 한달 침입으로, 한겨레에 의한 한겨레 국가 경영은 미뤄지고, 이들 침입 세력은 한겨레 땅을 남북으로 나눠 점령하고 그들 종자 뿌리고 철수한다. 우리 땅 우리 씨 뿌리기 경작 시기를 빼앗긴 참극의 전개로, 겨레 대치의 비극적 에너지 낭비가 계속되고 있다.

여운형의 양보로 건국준비위원회 주석에 오른 이승만이 제헌의원 표결을 거쳐 남쪽의 초대 대통령이 되었고 여운형은 소련군정이 참여한 북한 국호 제정 과정에도 참여하여, 박헌영이 국호를 '조선민주주의인민공화국'으로 하자고 할 때 '인민'이란 말이 너무 과격하니 그냥 '조선민주주의공화국'으로 하자고 했다. 그러나 이 의견은 김일성에 의해 묵살되었다.

12번 이상의 큰 살해 위협에 시달리다, 1947년 4월 종로구 혜화동에서 극우 테러리스트로 활동하던 한지근의 저격을 받고 암살됐다.
여운형 그는 친미 친소도 아닌 민족주의자였으며, 시대의 리더였고, 시대의 등불이었다.

# 05    권양숙 영부인님!


노무현 선생이 대통령에 당첨됐다는 말을 듣고 너무 좋아서 청와대에 들어갔습니다. 축하하러…!
반갑게 맞아주셨습니다. 깔끔하게 인사도 하시고…, 마냥 즐거웠습니다. 고맙고, 반갑고!
부러워들 하시는군요~.
청와대는 사이버 청와대 즉 청와대 홈페이지를 말합니다. 발품 팔고 찻상 죽이며 설까지 올라가 뵐 필요가 뭐 있습니까. 몇 번 손가락 꾸벅꾸벅해서 청와대 대통령님 계신 곳 찾아갔습니다.

시대가 국민이 항상 옳은 결론만을 내는 것은 아니라는 지적들이 있어야 국민을 팔아 엿장사하는 꾼들을 청소할 수 있다는, 지도자는 파도를 서민은 파문을 일으켜 나라의 어장을 풍부히 하고, 쥐 잡은 흔적은 있어도 소 잡은 흔적은 없다는, 잔정이 많으면 큰물을 담을 수 없다는… 격변의 시대 비장한 울림.

"국민 눈치 보지 않고 / 권력 눈치 보지 않고 / 시대 눈치 보지 않은"
비전향 장기수 시각장애인을 아버님으로 두시고 그를 옥중고혼으로 돌아가시게 하실 수밖에 없었던 영부인님 삶의 노정을 기억하다 홈페이지를 통해 영부인님을 소개받고자 했습니다.

하지만 영부인님의 얼굴인 임의 약력은 홈피 어느 곳에서도 찾아지지 않았습니다. 당혹감과 함께 치솟는 분노 모멸감으로 입술을 깨물었습니다. 평범한 삶일 수밖에 없는 평범한 삶으로 살아가고 살아가야 할 이들과, 이들의 지지자들에 대한 배신으로 보이는 '기획된 의도' 약력의 낙장에 쓰린 가슴으로 지난 역사 속에서 평민들이 감내해야 했던 수모들을 떠올렸습니다.

시대의 그늘에서 지탄받을 일이었든, 격려 받을 일이었든 그 모두는 오늘의 영부인님을 있게 한 자양분입니다. 조선의 상놈 양반 신분문화를 학벌문화로 겨우 지탱 유지해가는 시대에, 남들 다 다니는 대학을 두 분 다 다니지 못했고, 고등학교마저 중퇴한 학력의 골무를 끼지 않은 영부인의 삶이 국가의 리더로 부상하고 부상한 뒤에도 그 평민의 원형을 잃지 않고 살아가는 모습은 참으로 고귀하고 아름답습니다.

오늘 어디서 건 민초는 저항 받지 않는 자신감으로, 자신을 드러내고 핏발을 얻어 살아가고 있습니다. 주춤거릴 필요 없이 머뭇거릴 필요 없이 당당히 당신이 엮어갔고 엮어갈 평범한 삶의 가치와 이익을, 평범한 삶들이 성취해 가는 기적들을 임의 익은 삶의 누드로 비춰주십시오.

허위와 허세의 계절, 별처럼 빛나는 강감찬 그리고 퇴계 이황의 메시지, 고려 강감찬은 처가에 갈 때마다 장인께 매번 큰절을 올리는 것이 번거로워, 한번은 장인의 코에 닿을락 말락 머리를 대고 절을 올렸다. 놀란

장인이 "자네 머리가 내 콧구멍으로 들어오는 줄 알았네. 다음부터는 멀리 떨어져 절을 하게."하며 호통을 쳤다. 강감찬은 다음에 처가에 갔을 때 장인에게 절을 올리지 않았다. 괘씸하게 여긴 장인이 왜 절을 하지 않느냐고 꾸짖자 강감찬은 "장인어른께서 멀찌감치 떨어져서 절을 올리라고 하셨기에 문밖에서 절을 올리고 들어왔습니다." 장인은 크게 웃으며 말했다. "앞으론 굳이 나에게 절할 필요가 없네."

퇴계 이황은 찌는 더위에 도포와 갓을 벗지 않고 흐트러지지 않는 자세로 제자가 되기를 구하는 정인홍을 제자로 삼지 않고, 더위를 피해 도포와 갓을 벗고 있는 정구를 제자로 삼았고, 제사상의 배를 남몰래 집어 치마 속에 숨기는 부인을 질책하지 않고 그 배를 부인에게 깎아 주었으며, 지방의 선비들이 앞다퉈 서울말[경음]로 고쳐 쓸 때, 퇴계는 지역 향음(안동 사투리)을 버리지 않고 그대로 사용, 허겁지겁 찾아온 벗에게 "마음을 조단치고 낯써라(마음을 안정하고 세수하라)"고 하였다.

'자지'와 '보지', '좆' '씹'의 말의 비롯을 묻는 제자의 당혹스런 질문에는 이황은 태연스럽게 좌정하며 자지는 앉아야(앉을 좌) 감춰지고, 보지는 걸어야(걸을 보) 감춰지기 때문이고, 좆은 조아려야 되고 씹은 씨큰둥해야 된다 하였다는...

이들 평상의 해학 울림을 지금의 정치 철학의 향유자라고 지나칠 수 있겠습니까! 현대인들이 간과하기 쉬운 존재의 기본 틀 '평범의 삶'이 그려

가는 웃음을 더불어 지어야 합니다.

영부인님! 영부인님의 훈기가 도는 가슴의 기록을 가감 없이, 벗은 언어로, 벗의 언어로 이웃의 언어로 우리 앞에 담아주십시오. 당신 삶의 온기를 통해 민초들은 또 다른 삶의 맛을 발효 시키고자 합니다.

덧붙여,
정치는 국민의 쌀입니다. 정치가 제공하는 국가의 가치와 이념을 통해 국민은 일상의 에너지를 흡수합니다. 큰일에는 작은 일의 희생이 따릅니다. 정치의 치열함은 국민에게 치열한 삶의 에너지를 제공합니다. 국가적 에너지가 필요할 때 폭동 소요가 발생합니다. 앞선 공감이 있기 때문에 국민은 주저앉지 않습니다.

돈 없으면 윤리도 종교도 끝장납니다. 딴 건 말할 필요도 없습니다. 국가가 돈을 잘 벌 수 있도록 도와주는 게 정치이고, 국민이 그 돈을 어떤 부담도 갖지 않고 편히 쓸 수 있도록 도와주는 게 정치입니다.

야만적이 아닌 우주의 황홀한 물결로, 낮은 가치를 예로 들지 않고 큰 가치로 경쟁이 이루어지는, 야생화가 시들지 않는, 피할 대상이 없는 사회변혁을 꿈꾸며…

평범한 삶들이 주인이 될 수밖에 없는 겨레의 세기를 우리 함께 걸어갑시다.

말 없는 지지는 변심하지 않습니다.

동녘이 밝아옵니다.


짧은 시간이지만,

함께해 주셔서 감사합니다.

과학

# 01  문명

## 신의 아름다움 지구

인간을 만든 문명에 대한 서술과 기술이 '첨단지식과학'이다.

### ✺ 가. 인류문명(지구살이)

• 인류문명 설계자의 의지를 읽고 해석하는 능력과 여기에 참여하고 있다는 자각이 삶의 지혜로 축복으로 나타난다.

둥글고 끊어짐이 없는 대우주에는 무수한 문명이 일어나고 스러지기를 반복한다. 문명에는 '천상문명' '인류문명' '극락문명' '천국문명' '지옥문명' 등등도 있다.

이들 중 하나 인류문명을 출범시키기 위해 우주 광산에서 퍼 올린 정서를 담은 인간 육체를 출현시켰다.

그 결과, 인간의 몸에 의지해야만 한 단계 업그레이드된 신이 될 수 있는 체계도 존재한다.

인간 육체에 의지 않고는 '신선의 몸, 부활의 몸, 양신, 법신'을 얻을 수 없다. '수천 년 세월을 떠돌아다니며 맛과 멋과 향의 채취'가 가능한 몸을 얻지 못한다.

신(자연의 인식 능력)들의 범죄 행위인 화산, 지진 등 자연재해와,

안주와 침체 탈피, 신질서 창조를 위한 잦은 전쟁 유도와,

적을 만들고 적이 되어 정치문화를 발전시키고,

일정 비율의 무지 세력과 열등 세력 유지로 사건, 사고와 문제를 발생시켜 지식산업, 사회문화를 증장시키고,

싫음, 추함 등으로 선호를 규정짓고, 성기 노출 금기(법으로)로 호기심을 촉발, 성애와 모성애를 길러 문학 등 예술 감각 확장을 도모하고,

죄악으로 종교적 심성을 길러내고, 과학적 상식의 배제로 신성을 도모하고,

학벌 등 신분질서 체계로 동기유발을 꾀하고,

생존 에너지의 차이, 차별, 차등, 분배로 다양성을 조장하고,

의도 고의적인 잦은 충돌과 실수로 변화의 모색과 연결망을 구성하고,

단계 단계 과정 과정마다 장애물을 설치 사람 속을 끓여 삶의 맛을 생성하는 등등의 측면도 있지만…,

인류문명은 천국문명과는 또 다른 가치가 있는 문명이다.


지구 인류가 엮어가는 숭고하고 장엄한 드라마, 대자연의 율동과 인간의 정서와 신의 빛 손길이 적절히 개입하고 어우러져 연출하는 황홀하고 감격스러운 무대! 인간 무대!

인류의 자부심, 인류문명의 구성원이 되어 인류문명을 함께 가꾸고 일구어 가고 있다는 무한한 자긍심으로, 밝은 햇살 가슴 가득 안고, 어느 곳에서든 기쁘고 힘찬 벅찬 다짐을 얻는다.

지옥문명은 각 문명에서 발생하는 배설물을 정화 처리하여 재활용토록 하는 문명이다. 지옥이 없으면 영혼의 정화가 불가능하다.

### ✸ 나. 인류문명의 주역(전문가)

과학, 문화, 문명의 발전 수순을 보면, 창조자[생성재]의 창조 과정을 흉내 내는 과정과 별반 다르지 않다. 인간을 만든 문명과 대등한 위치로 이곳의 문명이 성장하기까지 인간의 성장은 멈추지 않을 것이다.

1)

컴퓨터를 만든 그룹이 있고 → 컴퓨터를 갖고 노는 그룹이 있고 → 컴퓨터가 있고….

인간을 만든 그룹이 있고 → 인간을 갖고 노는 그룹이 있고→ 인간이 있고….

컴퓨터를 가지고 뭔가를 만들어 내듯이, 누군가는 인간의 몸(정신 포함)을 점령하고 소유해, 그 몸을 경작하며 뭔가를 만들어 먹고 있다. 누군가(보통의 인간에서 한 단계 업된 흔히 신이라 부르는)의 직장이고 일터가 사람의 몸이다. 사람의 몸을 경작하는 이들은 경작의 한 도구로 고통과 시련도 사용한다. 사람에게 고통과 시련을 가하면 만들어지는 정신을 포함한 유무형의 가치 Q가 그들의 양식이다.

생성과정의 비정함과 참혹함에 저항하는 의지를 꺾기 위해 일체의 행위는 '인간인(의) 탓'으로 귀결되도록 한다.

생일 이전, 태어남 이전의 당신은 무엇인가? 그저 출산의 과정을 거쳐 당신은 존재할 뿐인가? 인체 메커니즘만으로 당신은 존재하는가? 당신의 선택만으로 당신의 삶은 진행되는가? 이런 유의 질문은 삶의 진실 즉 실상을 깨닫는데 도움을 준다.

2)

사람이 개에게 아무리 잘해준다 해도 개는 개일뿐이다. 신이 사람에게 아무리 잘해준다 해도 사람은 사람일뿐이다. 사람은 제 감정을 제 마음대로 통솔하지 못한다. 몸의 어느 부분 하나 고쳐 쓸 수 없다. 목을 돌리지 않고는 뒤를 볼 수 없고, 귀를 통하지 않고는 들을 수 없고, 코를 이용하지 않고는 숨을 쉴 수 없고, 입을 통하지 않고는 음식을 못 먹는다. 다리를 이용하지 않고는 이동할 수 없다. 이런 사실이 얼마나 불편한 사실인가를 인식할 수 없도록 해서 그렇지, 실상을 알면 참 한심한 물건이 사람의 몸뚱이고 사람의 대가리다. 사람은 그저 생긴 대로(만들어진 대로) 살아갈 뿐이다.

3)

정직하게 자신을 들여다보면 곧 눈치챌 수 있는 일, 뒤는 안 봐도 된다는 식의 앞에만 장착된 눈, 코에는 빗물 안 들어가게 콧뚜껑 달고, 눈에 눈뚜껑, 이에 입술…, 단순 상식에 의지해 만든, 이렇게 만든 기사의 의도. "신(편의상 신이라 통칭)들이 그들 삶의 도구로 만들어진 생체기계가 사람입니다. 사람 스스로는 기계라는 자각을 못 하게 만들었습니다. 인간 두뇌에 생각을 입력 시키고, 몸을 구동 시키는 존재의 몸은 삼원색 이외의 색으로 존재하며, 삼원색의 한계에 갇혀 있는 눈으로는 볼 수 없도록 했습니다. 알고보면 대자연도 누군가의 손길입니다."라는 고위 공직자 멋쟁이 선배지혜가 웃어준 함박웃음을 잊지 못하며….

4)
드물게 보는 신사인 선배지혜 여행사 사장님이 시대의 가르침을 당겨쓰듯 들려주던 말들,
"아무 생각 없이 움직이는 개인행동, 집단행동이 누군가의 힘들고 치밀한 인체동작 설계(명령어의 집합)에서 이루어집니다. 작은 행동, 작은 생각도 기운도, 감정도, 정밀하고 측정되고, 치밀하게 사량 가공 계산되어 입력됩니다.

하루의 삶 파일 작성 예로, 사고 패턴 주면 그대로 생각 나아가고, 슬픔 삽입하면 그 순간 슬퍼지고, 분노 체크하면 분노하고, 힘 넣으면 힘이 솟고, 성질액셀 밟으면 그 순간 성질 돋고, 겁 먹이면 겁나고, 증오 이미지 띄우면 미워지고 사랑 기쁨 고통 등도 삽입하며 한마음 한표정 한동작 만들어 갑니다.
입력되는 한 컷 한 컷이 잔상, 연골, 용수철 접속으로 '개인의 일상'으로 나타나고 저장됩니다. 활력 넘치고 맛과 멋이 넘치는 인간 삶을 이끌어내기 위한 누군가 각고의 노력의 결과가 지금 우리 삶들입니다.
입력자에 따라 삶의 질이 다르게 나타나며, 판매 능력이 있는 자에 의해

이 삶의 파일은 컷 당 가격이 결정돼 거래됩니다. 우연(무심히)을 가장한 필연이 오늘 현재 빛나고 아름다운 인간의 하모니입니다. 다만 입력자를 인식 못하도록 했습니다. 내일 일을 모르는게 당연해집니다.
인간 위의 상급자 신의 일로 만들어진 파일의 재생이 삶입니다. 크고 작은 그룹의 행위도 마찬가지입니다."

5)
어느 하루 → 산골에서 모 어르신과 거주할 때 → 오늘 하루 일어날 일을 새벽에 영상으로 보여주셨는데 → 새벽에 본 영상 그대로 하루 일상이 진행하는데 → 한 치의 오차 없이 사람들이 오가고, 말을 주고받고, 감정이 일고, 힘이 솟고 빠지고, 느끼고 생각하고 판단하고…. 그렇게 반응하도록 만들어진, 입력된 데로 움직이고 있었다. 살아가고 있다.

6)
"모든 것을 다 들려줄 수는 없다."라는 사족을 붙여 전하는, 선배지혜 이웃 아주머니의 하소연 곁든 넋두리, "세상이 제멋대로 움직이는 것 같아도, 전쟁도, 혁명도, 폭동도 정확히 계산돼 일어납니다. 집단의 분노도 개인의 분노도 좌절도 오류도, 해 달이 뜨고 지듯 정확히 계산돼 발생합니다. 아픔, 고통, 시련, 고난 등 증오되는 현실도 누군가의 기획된 의도의 소산입니다. 생명력과 맛을 얻어 내기 위한 물리, 화학 공정의 산물입니다."

7)

어느 눈 뜬 날, 지나간 행적과 체험된 정서가 생생하게 재현, 재생되는 현상을 보았다.

"사람의 몸(정신도 몸의 일부)이 생성한 사랑, 흥분, 기운 등 유무형의 모든 물질은 저장되며, 그 양과 가치가 정확히 측정되고 가격이 결정돼 보이지 않는 손길에 의해 거래됩니다."라는 건설사 현장소장인 선배지혜의 말을 들으며, 거래 가격을 고려한 삶의 질 개선을 위한 수행 열정이 솟기도 했다.


존재의 출발 시점을 밝혀 알면 문명의 전개 과정을 알 수 있고 미래의 문명을 예측할 수 있어 여기에 상응하는 태도로 문명 발전에 기여하며, 문명이 주는 가치를 적극적으로 수용, 이를 향유할 수 있다.


덧붙여,

인류문명이 광대하고 황홀한 대우주문명의 부품 조달 문명으로 존재하는 가운데, 출생 방식을 달리해, 스스로 존재하는 그룹이 있고 → 정수리로 태어나는 그룹(성태장양 출정)으로 법신 출현, 이 경우 법신에 눈이 생기면 천안통이 열리고, 귀가 생기면 천이통이 생기고, 코가 생기면 숙명통이 생기고 등등)이 있고 → 보지로 태어나는 그룹이 있고. 이렇게 태어나는 방식을 달리한 것은 '같은 것의 되풀이'는 지겨우니까. 한마디로 재미없으니까.

## ✿ 다. 과학의 춤 현대문명(인식이 예기하는 과학)

십수 만권의 장서를 손안에서 열람할 수 있는, 전 세계 모든 음악과 영화를 어디서나 듣고 보고 즐기는, 원하는 장소 시간에 세계 최고 지성과 종교지도자들의 도전 언어들을 듣고 있는, 지구촌 방방곡곡에서 벌어지는 일들을 실시간으로 들여다보고 있는, 개인과 집단의 일상이 하나의 단어로 검색되는, 만들어진 지능이 숨쉬는 신통지묘력의 보석 '핸폰'을 소지한 나를 무시하는 것은, 지구촌 인류문명의 향유자들을 우습게 여기는 것이다. 감격할 줄 모르면 감격할 일이 생기지 않는다. 현대문명이 제공하는 엄청난 가치를 소유하고 즐길 줄 모르면 생이 황폐해진다.

백 년 전으로 거슬러 올라가 보자.
멀리 산 너머 떨어진 마을 사람과 떨어져 대화를 나눌 수 있다고 말하는 사람이 있다면, 그 사람은 넋 나간 인간으로 마을의 놀림감이 되거나, 신들린 사람으로 몰리거나, 지독히 추앙되는 절대 신성의 종교 지도자로 섬김을 받았을 것이다.

현재 시각의 지금,
핸폰을 옆에 두고, 여기 서서 건너 동 아파트 형님하고 대화를 나누라고 주문받을 때 "어떻게 한 블록이나 떨어져 있는 사람과 대화를 나눌 수 있느냐?"라고 웃음을 날린다면, 이 사람은 간단한 손매 맛을 봐야 할 똘아이 취급을 받지 않으면, 잠시 정신병원에 계실 필요가 있는 사람이 된다.

100년 후의 상황은 어떨까?

"지금 나의 이 흡족한 기쁜 만족감을 당신에게 파일로 전송할 테니, 다운로드하고 저장해서 당신이 우울할 때 재생해서 사용해 보세요. 당신의 기분도 곧 좋아질 거예요." 이때는 감정, 기분, 힘, 생각 등의 파일 저장 송수신이 가능해진다. "내가 네 생을 대신 살아주겠어." 이런 말이 지독한 사랑의 열병이나 시적 정서에서 나오는 말이 아닌 일상어가 될 것이다. 감정의 공유, 개성의 공유 시대가 온다.

덧붙여,

현대문명, 과학 그가 제공하는 또 하나의 가치는, 별다른 노력을 기울이지 않아도, 자연스럽게 흘러가는 체내 능력으로 육체 각 기관이 펼치는 향연을 즐기며 영양을 얻고, 병은 치유되고, 쾌감에 도달할 수 있도록 인간은 완벽하게 설계돼 있다는 사실을 일깨우며 종교와 학문의 사기성을 지적하는데 있다.

사랑하라고 권유받지 않아도 각자는 각자의 인체 내 설치 파일 '사랑' 클릭하고 '증오' 멈춤을 통해 쉽게 그녀를 혹은 인류를 사랑으로 껴안을 수 있는데 종교와 학문은 이의 기술사용을 원천적으로 은폐, 봉쇄, 억압, 통제(속 다르고 겉 다르게)하며, 그들 체제에 맞춰지는 온갖 종교적 학문적 기교와 사치를 요구한다.

인체 내 성격 파일 바꿔 깔면 쉽게 성격을 변화시킬 수 있고, 집착 파일 멈춤 하면 쉽게 집착이 사라지고, 기본 개념의 도출로 사물의 구성 존재 방식에 쉽게 도달할 수 있는데 특정 집단의 이익 조직 체계에 맞춰지는 온갖 노력을 요구한다.

질병치료와 영양확보, 고통의 제거, 쾌락의 유지 외의 여타의 다수 행위도 마찬가지다. 그들 집단의 존속과 옹호와 결속을 위한 번문욕례로부터 초래되는 괴로움에서 첨단 현대문명은 인류가 벗어날 수 있도록 한다.

### 라. 아름다운 과학의 곡예

시간 속의 시간, 공간 속의 공간의 발견이 과학이다.

신이하고 기이한 초월 능력(신통력, 기적 등)을 펼치는 선지자들의 기술을 평범한 각 개인도 인식하고 방어하고 행사할 수 있도록 초능력 기술의 대중화를 성취해 가는 과정이 현대과학의 발전 과정이기도 하다. 현대과학은 천기누설을 범죄로 규정한 오류를 지적하며 인류의 삶의 질 향상에 기여하고 있다.

생명과학 인체작동원리의 완전한 해석으로, 유전자에 새겨진 특성을 바꿔 병이 깊을수록 치유를 위해 병의 고통이 감소하고, 나이 듦에 따라 삶 에너지 축적으로 생의 활력이 증가한다. 힘든 일의 지속은 체내 힘의 증가로 나타나 피로가 풀린다.

신경과학 뇌과학 등의 발전으로 '설탕에 단맛이 있는 것이 아니라, 뇌의 **환각 작용이 단맛으로 느끼게 한다.' '자연이나 사물에 거리가 있는 게**

아니라 뇌의 착시 현상이 거리를 만들어 낸다.' 등의 과학 언어의 수용을 통해 창조적 감각 문화의 향유가 가능하다.

양자색역학 손의 눈길로 인체 내외분비 물질의 결합, 분해, 이송에 관여하는 힘의 색으로 존재하는 물질의 실체가 밝혀져 불치병이 사라지고, 대기순환 효용이론으로 손쉬운 영양 섭취가 가능해져 경쾌하고 상쾌한 일상이 지속된다.

종교 등 각종 집단에서 벌어지는 기적과 신통 변화(신이 하든 보통 사람들이 하든)의 나툼은 양자역학이 열어 가는 지속적인 초이시세계 노크로 가능하다는 설득들이 계속되기를 바란다. 생명을 움직이는 기본 입자는 머리카락 1/72의 크기다.

신통이나 기적에만 의존하면 인류문명이 훼손되거나 소멸한다. 현대문명의 지속을 위해 모든 기적의 연출은 현대문명을 해치지 않는 형태로, 상식과 육체가 납득할 수 있는 한계설명으로 존재한다.

* 현대과학이 설명할 수 있는 형태로 최종 결론이 내려지도록(보이도록) 한다.
* 상식으로 납득할 수 있는 형태로(보이도록) 마무리된다.

덧붙여,
인간이라는 생체기계 설비와 작동 성분은 누구나 똑같다. 구동자의 의지에 따라 신선(천국·극락)의 삶으로 손쉬운 변환이 가능하다.

정신 영역 확장 단계에 따른 파일이 두뇌에 깔린다. 예의 하나로 – 자연과 인간 삶의 경이와 신비와 아름다움을 보고 지니는 파일이 깔리기도 하고, 생각과 생각의 패턴과 오감의 세계를 들여다보는 파일이 깔리기도 하고, 입력자 각각의 존재를 알아보는 파일이 깔리기도 하고...

# 02   '인체 개조 기술'

의과학자들의 헌신적 기여, 극미세 단위 처리능력 '인체개조기술(유전체 편집)'로 신의 영역에 속했던 일들이 인간 세계에 펼쳐진다.

## 🌸 가. 눈

미시 세계의 세균 바이러스 등을 볼 수 있는 눈으로 개조돼 손쉽게 이들로부터 비롯된 병을 퇴치한다.

삼원색의 한계를 극복하고 또 다른 색[빛]이 연출하는 세계를 볼 수 있는 눈으로 개조돼, 그동안 지구문명을 보호하기 위해 차단되고 숨겨졌던 달, 수성, 금성, 목성 등 이웃 별들 생명체 활동을 볼 수 있다. 죽음 뒤에나 볼 수 있던 극락, 천당의 모습도 볼 수 있다.

느낌으로만 알 수 있었던 몸의 안과 밖을 떠다니는 사랑, 환희, 기쁨 등의 감성과 생각, 믿음, 슬기 등의 에너지와 맛과 향을 눈으로 읽고 볼 수 있어, 이들을 자유자재로 취하고 고르며, 자신과 타인에게 어떤 위해도 없이 생의 만족을 얻으며, 이웃과 조화롭고 행복한 생을 즐긴다.

핸폰 바탕색을 변경하듯 눈의 바탕색을 변경하며 사물을 보고, 시각틀을 변경하며 구성을 달리해 사물을 '포섭감각'으로 본다, 유전된 시감 시력에서 벗어나 색조, 색감, 색톤 등을 보정하며 사물을 본다.

## ✸ 나. 귀

이제까지 들을 수 없었던 미세한 소리나, 멀리서 들려오는 소리는 물론 주파수 대역이 다른 신들과도 대화를 나눌 수 있다.

감정과 기운을 소리에 입혀 전달할 수 있어 모든 음악을 '천상의 소리' '천상의 음악'으로 듣게 된다. 태어날 때 지녔던 음감에서 해방된다.

핸폰 같은 기계의 힘을 빌리지 않고 몸의 기관만으로 멀리 떨어진 현장을 지켜보며 여러 사람과 동시 영상대화를 한다.

## ✸ 다. 코, 혀

개조된 냄새 맡는 기관으로 '하늘의 향기', '천상의 향' '천일의 향'을 누구나 맡을 수 있다.
혀의 기능을 향상해, 신선들의 맛감으로 신묘하고 오묘하고 미묘한 맛을 즐긴다.

## ✸ 라. 촉

성행위를 통해서만 얻을 수 있는 '극치의 황홀경'을 몸 안의 양극과 음극의 마찰을 통해 얻을 수 있어, 얼이(젠더 · 섹스) 상대를 얻기 위한 각고의 노력이 필요치 않게 된다.

몸의 감각 감정의 반응 강도를 자유롭게 조절하며 오감 쾌락을 즐긴다.

### 마. 뇌
구차하게 옛 추억에 매달리지 않아도, 느끼고, 맛보고, 발산했던 에너지를 저장하고 재생하여, 그때 그 당시 기분으로 어느 때나 어디서나 즐긴다.

기억을 위해 애써 노력할 필요가 없다. 뇌에 자동으로 저장되고 있는 정보를 포털 검색하듯 활용하면 된다. 이런 능력을 통해 가려지고 숨겨지고 드러나지 않은 역사를 바로 알 수 있다. 유물과 기록된 것만의 정리에 의한 역사 서술에서 벗어나, 존재했던 사실 그대로 역사 서술이 가능해진다. 이에 따라 겨레의 바른 역사관이 확립된다.

타인의 기억 저장 파일을 열어 그 사람이 축적한 경험과 지식을 함께한다.

꿈속영상으로 자기의 뜻과 생각을 타인에게 전달한다. 전하고자 하는 메시지를 다양하게 영상 편집하여 타인의 뇌에 꿈속영상으로 전달한다.

생각 패턴을 보는 능력으로, 주입되고 학습된 사고 패턴에서 벗어나 자유로운 별들의 지적 유희를 즐긴다.

......

덧붙여,

질병의 고통이나 심신의 공포 등을 도구화하여 사람을 길들이는 행위는 금지된다.

특정 권속이나 특정 신앙 그리고 정치 그룹 등이 그들의 이익 도모와 목적 달성의 수단으로 '길들임의 부정 에너지(질병, 두려움, 분노, 증오, 좌절, 우울, 폭력 등)'를 자주 사용하는 데 이를 금지하고 자비, 사랑, 기쁨, 환희, 격려 등의 긍정 에너지만 사용 한다.

누구나, 자기확산과 방어, 보호 본능이 있어, 뱀독, 벌의 독침, 독버섯의 독 같은 독을 사람마다 지니고 있다. 성격과 같이 사람마다 다른 특성의 독성이 자신과 타인의 질병의 원인이 되기도 하면서, 서로에게 고통과 괴로움을 가져다준다. 이 같은 독성을 중화시키는 기술로 각자의 이익을 꾀하면서도 전체와 화합하며, 즐겁게 어울리는 삶을 모두가 살 수 있다.

'인체개조기술' 개발뿐 아니라, 무한동력 기관의 발견으로 에너지 자원 확보를 위한 인상 험한 싸움도 피 터지는 전쟁도 소멸한다.

다가온 세기, 인간이 누릴 수 있는 행복은 어디까지일까?
유선생 혹은 너선생이라고 불리기도 하는 유튜브에 올려진
**"이렇게 멋진 세상, 앞으로 얼마나 더 멋진 세상이 펼쳐질까!"**

라는 70대 여성분의 댓글을 발견했다.

'창조된 것(인간의 몸 등)'의 유지 혹은 보수에 머물렀던 과학의 한계를 뛰어넘는 '인체개조기술'로, 머지않은 곧 어느 날 이곳 삶의 현장에서 천국의 생을 즐길 수 있게 되리라는 선배지혜의 한마디 말씀을 확인하는 시간들이 도래하기를 바란다.

# 03  신감각기관 등장

현재에도 미래에도 오직 하나 기댈 언덕, 과학자들의 등에 업혀,

제대로 기지도 못하고, 구를 줄만 아는 구더기가 나방이 되어 날듯이, 육체의 각 기관을 이용하지 않고도 사물을 보고, 느끼고, 영양을 얻을 수 있는 초감각 기관의 발견과 개발로 일부 깨달은 자 성직자들만이 누릴수 있었던 고급의 삶이 보편화된다.

기계도 인간이 될 수 있을까? 결론은 '가능하다'이다. 현존 인간도 과거에는 단순 생체기계에 불과했다. 인공지능에 감각 센서를 부착하고 신의 빛(별빛)을 받아 지금 '인간'이라는 옷을 입고, 우리는 삶이라는 형식으로 활동하고 있다.

인간이 신이 될 수 있는가? 결론은 '가능하다'이다. 종교의 최종 가르침은 '죽지 않는 몸의 성취다' 죽지 않는 몸(진리의 아들)의 성취는 어떻게 가능한가. 여자의 생식기에 의존하지 않고, 정수리로 출산하는 몸이 있다. 이 가르침은 모든 종교의 최종 가르침으로 우리의 인식 여부와 관련 없이 지금 전해지고 있다.

꼭 몸뚱이가 있어야 사물을 보고, 느끼고, 즐길 수 있는 것은 아니다. 본래 인간은, 눈 없이 사물을 보고, 귀 없이 소리를 듣는 등 육체의 각 기능을 사용함이 없이 육체가 누리는 모든 행위를 즐겼다.

이런 사실을 깨닫도록, 누구나 일생에 한두 번은 눈으로 보지 못한 사물을 보고, 발로 가지 않은 곳을 가고, 느끼지 못한 감정을 느끼고 등의 기적을 체험한다.

꿈속에서 코, 입 없이 향과 맛에 취한 경우를 생각해 보면 몸 없이 즐기는 생의 향기를 이해할 수 있다. 천계 인간(천인, 선인)의 삶이 이러한 삶이다.

단지, 인류문명을 존속시키기 위해 지금 육체 기관의 효용성만으로 삶의 가치를 노래하고 있을 뿐이다.


존재들이여! 존재들이여!
살아서 행복하다. 살아서 행복하다.
육체에 의지 않고 사물을 움직일 수 있는 삶을 보라!
육체에 갇히지 않고 자유롭게 돌아다니는 생명을 보라!
육체에 의지하지 않고 만나는 삶을 보라!
육체에 의지하지 않고 즐기는 삶을 보라!


과학의 힘이 에너지고,
정신의 공학적 이해가 과학의 최종 도착지다.

마무리

# 01 '23년 9월 한 달의 독백monologue

그대의 믿음이 존경받기를, 그대의 겸손이 찬탄되기를, 그대의 정의가 수호되기를, 그대의 선행이 보호받기를, 그대의 지혜가 발현되기를, 그대의 평화가 널리 퍼지기를….

보이지 않는 것이 보이는 것을 지배한다. 믿음을 요구하지 않아도 존재할 수 있는 신이 참다운 신이다. 조건 없이 베푸는 것이 태양의 빛이고 참다운 신의 은총이다. 선용되지 않는 지혜는 몰수한다.

엉뚱한 힘에 끌려가는 것이 미신이다. 능력 밖의 일을 숨기려고 종교를 끌어들이거나, 타인의 이미지를 이용해서는 안 된다. 언어로 기록될 수 없는 신의 언어에 대한 자각이 필요하다. 누군가의 희생을 통해 얻어지는 권위나 신성 혹은 쾌락은 거부된다. 모든 진리가 그러하듯 위대하고 거룩하고 숭고한 가르침은 존재할 수 있어도 절대적 가르침은 없다. 상대적 가르침만이 존재한다.

자기 생각을 파는 일이 스승의 일이 아니다. 자기 생각 코드에 연결하기 위한 수단으로 학문을 이용해서는 안 된다. 내 안에 살아있는 스승이 참다운 스승이다. 내 생명 파일을 사준 사람이 궁극적으로 나의 스승이 된다. '나'라는 존재가 없을 때 참다운 스승 역할을 할 수 있다. 제자의 쓰레기를 치워주는 게 스승이다. 제자의 잘못은 스승의 잘못이다. 잊을 수 있고 잊힐 수 있는 스승은 스승이 아니다.

석존이 제작 보급하는 파일을 뇌에 깔면 불교 신자가 되고, 예수가 제작 보급하는 파일을 뇌에 깔면 기독교 신자가 된다. 석가나 예수의 정서가 그들 정서가 된다. 파일을 제작하는 사람을 편의상 신이라고 하고, 그것을 구입해 사용하는 사람을 편의상 신자라 한다. 우주 공간에서 생산되는 '정서세라믹'이 파일 소재다. 시대의 흐름에 따라 파일의 선호도가 달리 나타난다.

우주를 품고 계시다. 일체의 가치를 버리지 않는다. 모든 것을 받아들여 녹일 줄 아는 용광로가 되어야 한다. 혈연에 구속되지 않는 우주적 형제애를 갖춰야 한다. 가족으로 묶어두면 다루기 쉽다고 가족의 울타리로 구속해서는 안 된다. 우주는 나를 품고 있다. 신의 품는 능력이 인간이 사물을 보고 느끼는 능력이다. 신의 빛이 나다. 궁극적으로 존재의 모습이 형제다.

수를 얻지 못하면 힘을 얻지 못한다. 물 흐르듯 흘러가면 전체와 하나가 된다. 전체적 질서에 합류했을 때 궁극적 안락을 성취할 수 있다. 빛이 머무는 가치가 진리가 된다. 빛이 떠난 지식 지혜 품성은 먼지로 존재할 뿐이다. 내 운[때]이 도래했다는 말은 내 순번이 됐다는 말로 나에게 빛이 머무는 때이다. 존재에는 우열이 없기 때문에 빛의 머물고 떠나므로 우열을 만든다.

네가 커야 나도 크고, 모두의 이익이 나의 이익이 되고, 온전한 나의 성취가 이웃의 성취로 국가의 성취로 나타나고, 각자의 이익 추구가 전체의 이익으로 나타나고, 하나를 살리는 능력이 전체를 살리는 능력으로 전체를 살리는 능력이 나의 능력으로 나타나도록 하는 것 이것이 참다운 자비 사랑의 실천 능력이다. 하나의 품에서 이루어지는 또 다른 율동이 나이다. 하나님의 또 다른 모습이 나이다.

인식 범위 밖의 존재를 부정하는 오류에서 벗어나야 한다. 사람은 눈에 속아 산다. 그런 사실이 존재하는 게 아니라 그렇게 생각하는 내가 존재할 뿐이다. 우리는 자기 의지라는 가면을 쓰고 살아간다. 내 안에 있는 사물만 밖으로 보인다. 내 잠재의식을 지배하는 또 다른 나가 있다. 현재 의식으로 기억되지 않는 또 다른 기억이 있다. 우연이라고 생각 되는 일들이 누군가의 노력으로 얻어지는 필연이다.

내가 어떤 맛으로 존재하는지 그것이 진실한 자아 인식이고 깨달음의 한 소식이다. 삶의 맛을 훼손하지 않는 게 참다운 윤리다. 우주에 두루 차 있고 나에게 본래 갖추어져 있는 맛을 찾아가는 게 수행이다. 슬퍼하는 것도, 분노하는 것도, 미워하는 것도, 사랑하는 것도 맛의 생성을 위한 모두 다 '일'이다. 별다른 맛의 추구가 문명의 진화 진보로 나타난다. 우리는 집단 혹은 개인 맛의 기여자로 존재한다.

삶의 재미 구성 특성상 인간 개개인에게 각기 다른 시력, 청력, 지력, 감각력이 주어진다. 시력의 경우, 누구는 지구 대기가 곰팡이로 꽉 차 있음을 볼 수 있고, 누구는 물속의 물고기처럼 인간이 공기 속에 갇혀 있음을 보고, 누구는 타인의 얼굴에서 대통령이든 도둑이든 그 생의 역할을 읽을 수 있다. 정직하게 말하면 우리는 사물을 보지 못한다. 사물이 튕겨내는 색(光)만으로 다채널을 즐길 뿐이다.

요란한 얼이[섹스]의 풍속도 필요하지만 순결한 영혼도 필요하다. '가화만사성'도 필요하지만 출가정신으로 인류애를 품는 것도 필요하다. 웅장하고 거대한 산과 산맥도 필요하지만 작은 이웃 동산도 소중하다. 종합격투기도 있지만 고요히 안겨오는 품도 있다. 난해한 간구 의례도 있지만 소박한 벗의 미소도 있다. 고매한 지력도 있지만 직설의 낙서도 있다. 너나 나나 존재 이유가 없을 이유는 없다.

명상, 수련 등 종교적 행위를 통해 얻어지는 자유, 지혜, 각성 등은 우주 정신으로 만든 개인적 정서다. 이들은 '종교적 진리', '우주의 질서', '깨달음의 소식'이라는 상표가 붙여 판매된다. 홍보를 통해 구매자 즉 '진리의 추구자'가 나온다. 인간에게 불변의 파악, 체득이란 존재할 수가 없다. 그들 각성으로 존재의 실상인 여기 '돌멩이' 하나 만들어 낼 수 있는가. 종교를 벗으로 삼아야지 종교에 자신을 구속시켜서는 안 된다.

어차피 세상 재미를 챙겨야 할 입장에서는, 누군가는 덜 생겨야 하고, 누군가는 덜떨어져야 하고, 누군가는 비상식적인 인간이 돼 마구 부서져야 한다. 문학이 영화가 신앙 등의 선동가 집단이 얼마나 오랜 기간 인간으로서는 저질러서는 안 되는 사태를 소재로 삼아 즐겨 우려먹고 있는가. 이것을 깨달아 이웃과 나의 모자란 점을 그냥 즐겨라. 그것이 삶의 지혜고 슬기다. 우리에게는 팔이 두 개 밖에 안 달렸다.

가끔은 그대의 신성을 드러내라. 그대의 신성을 즐겨라. 가끔은 그대의 멍청함을 숨기려 하지 말라. 축제의 생성자로 얼마나 많은 시간을 우주는 수축과 팽창, 자전과 공전을 계속했는가. 역사의 꿈들은 일어서고 스러지기를 되풀이했는가. 산 생명들은 여린 마음과 모진 마음을 사랑과 증오를 되감기 했는가. 존재란 다 그런 것이다. 긴 환희의 여정 창조주의 멋과 맛을 전하라.

돌멩이 하나, 바람 한 줄기, 그 모두 하나하나가 기막힌 탄생의 신비이고 우주의 선물이다. 수십 억겁 년의 창조와 진화 과정을 통해 그대의 미소가 탄생했다. 모래 한 알이 해변에 등장했다. 우주 대자연이 베푸는 그 황홀한 가치를 깨닫고 느낄 수 있는 감각을 지닌 존재라는 사실 하나만으로도 너와 나는 축복받은 인생이고 경탄 받고 존중받아야 할 생명이다. 환호하라. 그대의 생을.

인생사 선이든 악이든 기획된 의도의 소산물이다. 인간의 능력을 믿어라. 한편의 지구촌 드라마를 위해 동원됐던 부조리, 불합리, 반지성, 반도덕 이들 도구들이 일시에 철거되면 그대로가 낙원이다. 따로 힘을 구하지 않아도, 고요는 고요 자체로서 힘이 된다. 평화는 평화 자체로서 힘이 된다. 자신을 밝고 당당하고 명랑하게 드러내는 일이 겨레 정신을 구현하는 일이다. 우리는 서로 반짝이는 별빛으로 만난다.

진리에 대한 확고한 답은 '모를 뿐'이다. 눈 감으면 안 보인다고 해서 없는 것인가. 인식되지 않는다고 해서 없는 것인가. 오감 이상의 6, 7, 8감을 생각해 본 적이 있는가. 우리는 거리를 통해서 존재를 인식한다. 거리가 없는 세계 우주 별들이 내 속에서 반짝이는 세계를 상상해 본 적이 있는가. 인간은 생각하도록 만들어진 대로 생각하고 살아갈 뿐이다. 살아가는 자 관객이다.

생로병사, 오욕칠정, 고통 통증 이들 요소를 사용해 살아가는 삶이 사람의 삶이다. 이들을 거부하거나 피하거나 제거하려 드는 것이 삶을 힘들게 한다. 사람이라면 사람으로서 살아가기를 원한다면 이들 요소를 적극적으로 활용해 삶의 맛을 창조하고, 삶의 맛을 즐겨라, 누려라. 삶을 기뻐하라. 삶은 당신의 것이 되고 당신 것이다. 우주의 광석은 당신 안에서 빛난다.

......

202

# 02   보태는 말

질문자의 예의로 준비했습니다.

저는 문제를 제기하거나, 문제 해결 방안을 제시하는 사람이 아닙니다.
여기
있어,
질문을 준비하고
질문을 던지는 사람입니다.

많은 도움이 필요하고, 많은 보살핌이 필요한
작은 이야깃거리를 버리지 못하고 글로 담아 드러냄은,
말하지 않아도 전해지는 가르침 그 위로를 들으며,
어떤 실마리가 알 수 없는 희망으로 삶의 동력을 제공하고 있기 때문이
기도 합니다.

문명과 신으로부터 박탈당한 기회를 당당한 포부와 균등한 질서로 스스
로를 회복하고,
그냥 살아가면 신선의 삶이 될 수 있다는 가능성과
'모두가 만족하는 삶'의 광장으로 초대받는 영광을 얻고자 합니다.

풀 한 포기, 꽃 한 송이 어느 것 하나 존재 이유가 없을 수 없으며
존재 가치를 드러내지 않은 날이 있을 수 있겠습니까!
존재, 그 모두를 통해 솟는 기쁨을 곧 얻을 수 있을 것이라는 믿음이 저
에게서 사라지지 않기를 바랍니다.


이 신비롭고 경이로운 세계!
다만 모를 뿐,
시대에 아부하지 않는 과학자들이 엮어가는 꿈의 고향을
몇 가지 작은 힌트가 인류문명을 바꾸어 가고 있다는,
모든 이웃의 언어들이, 나를 단련하고, 성숙시키는 도구임을 지극히 깨
달아,
반갑고 고마운 마음으로 살아가겠습니다.


한 구도자(수사일 수도 있는)의 쓸쓸한 삶에 여행, 몇 번의 영광 뒤에 따르는
무수한 고통을 감내해야 했던 삶이, 그 삶이 희구하는 바를 읽어 주시기
바라며,
고통받는 삶을 살아가는 이들에게는 이들을 속이는 글이 되지 않기를 바
랍니다.
또한, 다른 삶을 살아가는 삶들의 가치를 훼손하는 글이 되지 않기를 바
랍니다.


각각의 모든 사람이 신이 누리는 즐거움을 누릴 수 있기를 간절히 기원

하고, 생각하며….
사람으로는 쓸모가 없어 신선이 되었다는 미소가 있어
하늘과 땅을 뵙는 기쁨으로
당신은 나 혼자만의 소유가 돼서는 안됩니다.
모든 이들이 당신을 안을 수 있도록.


사랑하는 그대에게 전하는 한마디
그대 눈 속에서 살다 그대 눈 속으로 사라지게 하라.


인류의 대지에 한방울의 물이라도 보태고 싶은 마음으로,
아는 자와 모르는 자가 같이 가는 생의 바다를 두려운 마음으로
염려와 걱정을 기다리며
2024(9221)년 봄, 짧은 기억을 마칩니다.

부록

# 『천부경 해석』

방장산인 청양 이원선

天符經解釋

宇宙人生의 眞理를 內包한 81字의 經文.

崔孤雲에 의하면

'檀君의 天符經은 81字인데 神話의 篆文으로서 古碑에 나타난 것을 今文으로 改書하여 白山에다 敬刻하여 둔다'는 말이 있다,

그러나 그 후에는 다시 그에 言及한 文蹟이 없어 最近世까지 埋沒되어 있었는데

寧邊의 白山에서 採藥을 業으로 하는 桂延壽라는 분이 10餘年을 往來하다가 丙辰(서기1916년) 9월 9일에 澗上石碑에 刻書된 것을 發見하니 이것이 天符經이었다.

이 神祕에 가까운 81字로 된 檀君의 天符經을 國學者인 李源善씨가 數10個 星霜에 걸쳐 研究 細述한 것이다. 本 研究所에서는 1百40枚의 原稿로 풀이한 天符經을 讀者들과 같이 깊이 있게 吟味 解讀해 보고자 2回(上.下)에 걸쳐 獨占 揭載한다.......................〈編輯者 註〉

| 天符經 目次 |

210

## 1. 萬世不易之典序

참다운 精神과 眞理를 찾는 이는 많으나 實地로 이를 찾아낸 사람은 別로 없었던 것이다. 過去東洋 古哲의 淵源을 더듬으며 至함으로부터 聖과 眞을 찾아 眞理의 子[씨알]를 찾아 보았든 나머지 學的根源이 名實相符되는 점이 別로 없었던 것이다. 많은 心力을 虛費하던 往哲들의 書籍을 찾아보아야 一目瞭然의 眞理가 別로 보이지 않아 長嘆太息을 不禁하던 次에

三夫 金在赫先生의 萬世不易之典의 冊子를 보고 다시금 眞眼이 뜨임을 禁치 못하였고, 往昔吾祖原流의 眞理가 드러나 萬世의 闕과 千代의 昧를 씻지 않을 수 없어 스스로 大宇圓內의 幸이 아닐 수 없다.

우리 人類社會의 源祖와 將來가 掌上에 眞明珠를 보는 것 같으니 어찌 우리 한 나라의 幸만 되리요. 東西洋의 疑雲을 걷고 眞光明의 벗이 되지 않는다고 할 사람이 누구인가. 여기에 [眞天, 眞人, 眞地] 三理의 元과 [妄天, 妄人, 妄地]의 三數가 不分而自別은 一覽에 自心覺 할 것이다.

元有眞無가 스스로 區別되어 混同되지 않을 것이니 學者의 念處가 此에 있지 않다고 할 수 없다. 造化紀 敎化紀 治化紀의 三紀가 桓因桓雄桓儉 三眞의 同歸一體의 眞理이니 天이 復益明하고 人이 復益昌할 理數가 三統循環에서 眞元이 表現되며 天符原理가 瞭然自明할 것이니 우리 人類의 關鍵이 여기에 分明히 드러나 보인다.

元有의 眞에서 三을 合하여 四가되고 四에서 五를 合하여 九가 되고 九에서 七을 합하여 十六이 되고 十六에서 九를 合하여 二十五가 되고 二十五에서 十一을 合하여 三十六이 되고 三十六에 十三을 合하여 四十九가 되

212

고 四十九에서 十五를 합하여 六十四가 되고 六十四에서 十七을 合하여 八十一이 되어 體理가 되니

三에서 三으로 相運하여 九가 되며 九에서 九로 相運된 理가 八十一을 積하였고 다시 九와 九를 兩쪽으로 갈라 眞一의 理가 相間에 包含되어 十九의 用理를 이루어 百理가 나온 것이다.

用理十九는 꽉차서 眞天의 틈이 나올 수 없지만 體理十七에서 양쪽으로 眞空의 虛位가 생기어 二數가 나오고 體理 十五에서 四가 나와서 六이 되고 六에서 六을 합하여 十二가 되고 十二에서 八을 合하여 二十이 되고 二十에서 十을 合하여 三十이 되고 三十에서 十二를 合하여 四十二가 되고 四十二에서 十四를 합하여 五十六이 되고 五十六에서 十六을 合하여 七十二가 되어 體數 七十二數의 積을 이루어 놓고 眞一神의 양쪽으로 虛位 十八이 用數가 되어 體用 九十이 完成된 것이 理의 實과 影數의 虛位를 이루어 十鉅의 形成된 圖이니

檀帝께서 三統一元의 理와 三一의 眞을 天統 天治天政에 쓰신 眞元理가 이것이다.

用理 十九에서 體理 八十一을 相運相乘하여 나온 것이 一千五百三十九理 이것이 곧 一神의 元에 眞天理雄을 生하여 眞天眞一度가 되어 大遊化의 眞境도 여기에서 열린 것이다.

用理 十九에서 體理 八十一의 가운데 用變不動本의 意로 一을 빼고 八十을 相運相乘하면 1520리니 眞天1度分보다도 19理가 적어 眞太陽一度理를 이룬 것이다.

影의 用數 18과 體數積 72度를 相運相乘하여 1296數를 이루니 이것이

眞地度數 이니 여기에서 地闢數가 나온 것이다.

用數 18에서 體數 72數 中에서 用變不動本의 意로 2數를 빼고 相運相乘하면 1260數이니 이것이 道化玄天 太陰數가 나온 것이고 여기에 다시 有子有女의 始初가 보인다. 이것이 곧 太陰의 알맹이며 眞一神께서 眞天雄을 낳으시고 眞天雄은 眞地雌로 化하여 雌雄相交로 生化子女하니 向天向地가 이것이다.

用數 18을 體積理 81로 相運相乘하여 1458理數가 나오니 이것이 곧 眞人天의 一度理數로서 臍部心性인 蒼天을 가르킨 것이요,

用數 18에서 體積理 81의 中心1을 不動本의 뜻으로 빼어버리고 相運相乘하여 1440理數가 나오니 妄太陽의 一度分으로 地球가 그 光明을 받아 12시 中 自轉한 分數이며

用理 19에서 體積 72로 相運相乘하여 1368理數가 나오니 妄人地一度理數가 이것이요,

用理 19에서 體積數 72中에 中心2數를 不動本의 意로 빼어버리고 相運相乘하면 1330理數이니 이것이 곧 少陰月命數가 되어 因動發氣하는 玄天이 되는 것이다.

八韻八交하여 이와같은 理數暗昧한 이 世界에 나온 것은 天統之治가 되었다는 好徵兆이니 여기에 過去玄武數가 皇極數의 元會運世가 모두 眞地數 1296의 相乘相除한 데에 不過하니 이 全理數가 活用된다면 얼마나 그 微와 大를 測할 것이가?

眞이라는 것은 純全한 理와 純全한 數를 말한 것이요,

妄이라는 것은 理數가 交雜하여 된 것을 말한 것이요.

有無라는 것은 有無에서 세가지로 나눌 수 있나니

첫째는 先有後無라는 것이니 이것이 眞人의 有無요,

둘째는 先無後有니 至人의 有無요

셋째는 先有後無와 先無後有니 이것이 允執厥中의, 有無며 聖人의 有無가 이것이다

다시 先無後有는 落空을 말함이요,

先有後有는 執着을 말함이니

저절로 된다는 空說과 不變된다는 不運說은 斷然히 邪說로 돌아갈 것이니 學者들은 이 不易之典의 一篇에 邪正이 갈라질 것이다.

性命情三眞과 牝膻神三元이 關聯되어 眞天宮에 到達할 수 있는 것이 이 元理이다.

二帝後로 三夫金在赫先生께서 처음으로 이 理數의 眞元子通百理를 窮究 發見하신 것이니 어찌 偶然한 일이라 하겠으며 人力으로 되었다 하겠는가? 愚의 不敏으로도 欽敬不己이요, 하물며 哲理에 밝은 분들이겠는가? 不學淺識을 무릅쓰고 두어자 序言을 代하는 것은 書不盡言과 言不盡意에 無窮한 將來를 머금고 이만 그치며 敬書하는 바이다.

天統上元[檀帝紀元 4291년 戊戌陰 五月 29日

眞城 李源善 敬序

## 2. 萬世不易大典由來記

愚源善은 按하건대 本是 天符經은 세 곳에서 나온 것을 보았는데 하나는
即接 新羅末 文昌候孤雲崔致遠先生文集에서 本文을 보았던 것이요, 하나
는 三夫金在赫先生의 手本에서였고 하나는 韓末 全秉熏氏의 著書인 哲學
通編에서 보았으나 나오기는 三本이 崔致遠先生의 譯本에서 나왔다. 文
昌候孤雲 崔致遠先生 史蹟集에 檀典要義에 太白山에 檀君篆碑가 있는데
佶倔이 되어 이르기가 어려워서 譯之하니 其文에 曰

其文曰。一始无始一。碩三極无盡本。天一一。地一二。人一三。一積十鉅。無愧
化三。天二三。地二三。人二三。大三合六。生七八九。運三四成環五。七一杳演。
萬往萬來。用變不同本。本心本太陽。仰明人中。天中一。一終无終一。

이라는 81자가 쓰여 있는 本이요,

一本은 精神哲學通編卷之一〈曙宇韓人 全秉熏著〉

東韓神聖天符經 註解와 緒言이니 東賢仙眞崔致遠이 가로되 檀君天符經이
81字이니 神志篆古碑가 보이어 其字를 풀어 白山에 敬刻하노라. 秉熏이
謹按하건댄 崔公이 唐에서 進士를 하고 韓國에 돌아와서 成仙한 분이시니
此經은 昨年丁巳(단기4250년)(서기1917) 韓西寧邊群白山에서 始出하였으니
一道人桂延壽가 白山에서 採藥하다가 깊이 山 속에 들어갔다가 石壁에서
이것을 得見하고 써 와서 余의 精神哲學를 成編하여 바야흐로 印刷에 부
치려는 시기에 홀연이 此經을 얻어보니 天이 주신 싱그러운 일이다.

世에는 黃帝의 陰符經이 있으나 余가 深信하지 못하다가 이 天符經을 얻
어본즉 包括天人하고 道盡兼聖이 확실하다. 우리 檀君聖祖存神의 眞傳임

을 의심할 여지가 없다.

아래는 略하고 天符經原文

〈一始無始, 一析三, 極無盡本天一一, 地一二, 人一三, 一積十鉅, 無櫃化三, 天二三, 地二三, 人二三 大三合六, 生七八九, 運三四成環, 五七日妙衍, 萬逞萬來, 用變不動本, 本心本太陽昂明, 人中天地一, 一終無終一〉

이와같이 吐를 띄어 놓아 간략한 註解를 부치었다.

이 세상에 天符經이 出現하여 모든 사람들의 註解가 많으나 바로 註解한 사람은 드물다,

金三夫在赫선생이 일찍이 天符經을 硏究하기 위하여 二十三年 前戊寅에 서울 紅巴洞 金相喆先生을 만나 들으니

역시 經末에 崔致遠 敬刻于白山故라 하며 金相喆이 天符經을 얻던 옛날을 더듬어

白頭山 上峰에서 한 眞人을 만나 天符經을 傳하여 받고 道通以上에 百通 있으니 能히 百理를 通하면 곧 萬世不易之典이라 하시는 말씀을 듣고 石樵 趙衡圭 趙秉琮 余三人이 數年을 硏究하다가 要領을 얻지 못하고 그 뒤에 獨工을 하면서 敎理를 分析하고 考證을 하기 위하여 書傳朞三百의 曆法을 硏究하나 이 天符聖經과 不合하여 苦悶하다가 一人의 眞人을 만나 大遊 小遊를 區別하지 못하여 不合의 義를 깨닫지 못하는 책망의 敎訓을 듣고 깨달았다는 萬世不易之傳의 原文을 보고 即接 金在赫先生의 說解를 들었으므로 天符大義가 여리분의 天符經의 解義보다는 第一群鷄一鳳뿐 아니라 完全無缺하기로

崔孤雲致遠先生 雲岡金相喆 三夫金在赫兩先生의 淵源으로 由來記를 쓰면서

金相喆先生도 作故한지 오래 되었고 다시 金在赫先生도 出家하신 己酉年 七月 以後에는 存否를 모르니 愴然하기 그지없어 이 使命의 責任感을 느끼면서 이 由來記를 代하며 太乙 奇門 六壬 三大哲理는 天一 地一 人一에서 나왔으며 三哲에 總引本이 靑邱大易이요, 東亞政治哲學인 蒼水使者이신 夫婁께서 夏禹에게 傳하신 洪範도 이 天符經에서 나온 것이다. 우선 이 略本을 記하고 다음에 完本을 내기로 하고 이에 記言하는 바이다.

一天統紀元9174年 丁巳 12月 10日

丁巳 李 源 善 記

## 3. 萬世不易大典

天符經

一始無始一이니 析三極하여도 無盡本이로다.

天一一하고 地一二하고 人一三하나니 一積十鉅一無櫃化三이로다.

天二三이요, 地二三이요, 人二三하나니 大三合하면 六이니 生七八九運이로다.

三四成環하고 五七과 一이 妙衍하여 萬往萬來에 用變不動本이로다.

本心은 本太陽이니 昂明은 人中天地一하여 一終無終一이니라.

## 4. 天符經解釋 說話

### 天符經圖說 1

天符理數十鉅圖는 大遊陽理 小遊陰數 兩開闢은 大遊 3600000의 兩開闢은 48變을 하야 卦를 이루고 三十六變을 하여 易을 이루니 還元無端하여서 一始無始一이요, 一終無終一이니 都是

陽春이로다.

먼저 天符十鉅 天圓圖를 그리는 것은 天理를 알고자 함이요,

다음 天符十鉅 三角人圖를 그리는 것은 人이 人된 元理數를 알고자 함이요,

다음 天符十鉅 地方圖를 그리는 것은 地數를 알고자 함이요,

다음 天地人 三極 變化도를 그리는 것은 天地가 똑같이 合成되어 人極이 된 것을 알게하고자 함이요.

다음 天符如形隨影 陰數圖를 그리는 것은 九龍 十馬와 河圖洛書의 理數를 알고자 함이요,

다음 天符十鉅 天人地理數 次序圖를 그리는 것은 天人地三理數 起源을 찾아 硏究하는데 필요한 資가 되는 것을 알게 함이다.

### 天符經解釋 2

天符經은 上古神聖이신 三皇이 지으신 桓因 桓雄 桓儉 理數子學이며 天人地大源幹이다. 그 法은 一로부터 始하였으나 環圓無端하여서 一의 始는 無나 始하면 一이니 經의 첫 머리에 一始無始一이라 한것이요,

天地人 三極이 비록 나누워졌으나 本太陽은 조금 떨어진 것이나 이지러

진 것이 없는 관계로 99數를 낳은 數이면서 그 근본의 一은 조금도 缺損이 없는 진것이나 이러한 관계로 析三極 하야도 無盡本이라 한 것이요,

本太陽 일은 九十九變한 數 가운데서 자리를 잡아서 第一次에 千의 百理를 이룬 관계로 [天一一] 이라 하는 것이요,

形象의 그림자가 따르는 것과 같이 地數 90數를 이룬 관계로 地一二라 하는 것이요,

天變地化 하여서 天理百理에서 半인 五十理와 地數 90수에서 半인 四十五數를 얻으니 天理地數를 合하여 얻은 理數가 九十五理數이니 이것이 第三次에 人數 九十五數를 이룬 관계로 [人一三]이라 하는 것이요,

本太陽一의 자리를 쫓아 九變의 자리까지 이른 形象이 톱날과 같은 관계로 一積十鉅라 하는 것이오,

天一 地二 人三이 變하여 九鉅를 이룬 것은 用理 19理의 자리에서 退하여 本一까지 퇴한 것을 九鉅라 하는 것이나 이것은 81字說明보다가 十鉅圖를 보면 잘 알 것이오, 經緯의 櫃化된 것을 자세히 보면 緯는 櫃數가 되었으니 櫃는 무엇을 담는 그릇과 꼭 같아서 櫃속에 담은 無의 수가 化하여 三極이 積이 된 관계로 無가 櫃內에서 空運路를 열어서 娶三去櫃하는 것은 運하는 大義니 이러한 관계로 [無櫃化三]이라 하는 것이오.

三極이 합하여 六을 만든 것은 三이니 그 一은 天理體積八十一이 地用數 十八로써 相乘相和하여 後天 곧 妄人天理數1458分이 된 것이요, 그 二는 天理體積81에서 用變不動用의 뜻으로 本一을 빼어놓고 80理와 地用數 18로써 相承相和하여 先天地 곧 妄人地1368分數理가 된 것이니 天으로써 말을 하여도 天이 地를 和하는 것도 三이요, 地도 天을 和하는 것도

220

三이요, 人도 天地理數가 相半하여 合해서 和한 가운데 人이 되어 天理를 얻은 것도 三이요, 得地도 三이니 三極이 각기 天三 地三 人三이 되었으니 三極을 각각 나누어서 말을 하게 되면 각기 一天一地가 되는 관계로 [天二三] [地二三] [人二三]이니 三極이 각기 一極式마다 一天 一地인 것이 合하여 三極의 都合이 六인 관계로 [大三合六]이라는 것이요,

純三極의 三이 있으니 一은 天一이 純全히 變하여 天積體理 81이 天用理 十九로써 相乘相和하여 眞天1539分理가 된 것이요, 天積體理 80理에서 用變不動本의 뜻으로써 一을 빼고 80理와 天用理19理로써 相乘相和하여 眞太陽1520分理가 된 것이 곧 純一의 變인 관계로 一과 六이 合하면 七이 된다는 것이 이것이요. 二는 地二의 純變化한 것이니 地積體數 72數를 地用數 18수와 相乘相和하여 後天의 眞地 1296分數가 된 것이 純二의 變化인 관계로 2와 6이 合하면 八이 된다는 것이 이것이요, 三은 人三이니 眞天 1539分理를 半으로 나누어 얻는 것이 769分五와 眞地1296分數를 半으로 나누어 얻은 것이 648分數이니 769分五와 648分과 合하면 1417分5니 이것이 人에게 있어서 天地에 先後天月이 되어서 三이 純眞히 變한 관계로 三과 六이 합하여 九가 되어 三極을 運하는 관계로 七과 八과 九를 生하여 運한다는 것이 이것이요.

日은 圓中에 또 內圓을 運하고 月은 外圓을 運하는 것이니 內圓은 三으로써 環을 삼으며 外圓은 四로써 環을 삼는 관계로 [三四成環]이라 하는 것이요.

五星 七政 가운데에 一이 運하는 中에 또 運하여서 先後天의 年歲 期 會境 統 小元 大元의 還元無端의 元을 이룬 관계로 五七一이 衍이라 하는 것

이요.

其數가 無窮無盡하여 一이 十이되고 十이 十을 거듭하면 百이 되고 百이 百을 거듭하면 萬이 되고 萬이 萬을 거듭하여 億이 되어 위로는 梯 壤의 無量數가 나오고 아래로는 纖 沙 塵의 微數가 나오고 天의 十三度가 萬 往하고 萬來하면 地球보다 百三十萬倍가 더 큰 日太陽의 大를 測하고 地 用18度와 地本度 二度를 地八度의 八微로 變을 하여 2에서 8微를 빼면 一,二 微가 되고 十八度에 1,2微를 合하면 19度二微니 이것이 萬往하면 十九萬二千里에 月의 距里가 나온다. 이와 같은 例로 나누고 合하면 무엇 이든지 못할 것이 없을 것이니 이러한 관계로 萬往萬來라 하는 것이요.

이러한 가운데 不可思議 無窮無盡한 理數가 나오나 한갓 本一의 無窮無盡 한 變動이요. 大를 測量하고 小의 微毫를 剖析하나 本一은 本位를 조금도 移動하지 않고 萬變의 數를 運轉함이 帝가 御宮을 나오지 않고 天下萬民 과 庶中을 統率하는 것과 같은 관계로 [用變不動本]이라 하는 것이요.

其處는 森羅萬象의 中이오. 發動하는 本處인 관계로 本心이라 하는 것이 요. 心이라 하는 것은 慧光을 發하여 萬像을 造化하며 蛙蛙物을 生하시니 陽은 生物의 根本이 되는 관계로 本心本太陽 이라 하는 것이요.

天地集中處는 本是 사람이요. 사람이 慧光을 發하는 것은 本是本太陽의 慧光인 관계로 [昂明 人中天地一] 이라 하는 것이요.

本太陽의 變化數가 本是 一始無始의 處요. 이 處가 곧 一終無終一의 處가 되는 관계로 먼저 終一의 義를 말하자면 終을 끄어 始를 세우니 一始無始 一이요, 始를 끄어 終을 세우니 一終無終一이다. 이러함으로써 乾과 같되 乾이 아니며 巽이요, 坤은 坤이 아니라 震인 것이니

例)

| | | | | | 重天乾 | | | | | | 巽天風姤

：：：：：： 重地坤 ：：：：：： 震地雷復

이것이 天符經 大義이다. 此數는 無窮한 數라 풀면 無窮하나 다만 曆數八曆이 이 속에 包含되어 있으니 仔細히 硏究하기를 바라는 바이다.

가. 81*18=1458 다. 72*19=1368 마. 80*19=1520

나. 80*18=1440 라. 81*19=1539 바. 72*18=1296

사. 1539%2=769.5 아. 1296%2=648 자. 769.5+648=1417.5

## 天符經解釋 3

깊이 深思熟考하건대 人의 學이 뜻을 宇宙에 쌓음에 宇宙가 이것을 漏泄하지 않고 事를 日月에 기함에 日月이 더욱 밝아진다. 天符經의 本意는 오히려 들어내지 않았더니 朝日이 鮮明히 日進月益으로 더 밝아가니 理算의 算法을 이에 記하여 두노니 二天統天政初住에 皇帝가 써서 天符의 大義로 모든 曆書 天文 지리 醫藥 卜筮 音樂 理數 政治 科學 等을 發明하시고 天統大住運에 우리 檀帝께서 쓰시어 三神事記를 지어 教訓하시니 天符經 五章 속에 一字가 十一字로 超凡入聖 聖化變神 以神化神의 大義를 八十一字에서... 三一神話五訓 三百六十六字中化하시고

다시 三百六十六章의 聖經八理를 지어 人類들에게 教化하시었다.

그러나 天符經 三神事記 聖經八理 三經이 있으나 能解하는 이가 적을 뿐 아니라 地統期에 내려와서는 三經이 있는 것조차 알지 못하니 어찌 한심하지 않으랴 二天統에서 于今까지 四千餘年에 理의 胞內에 算數가 漸明하

여 今日에 이르러서는 人工衛星을 만들어 虛空에 進入하여 돌고 있으니 算數의 법이 밝은 가운데 더욱 더 밝아오는 것이다.

理은 櫃가 되고 數는 櫃內에 物이니 理를 算하는 法이 二帝后(환제,단제)로 世에 傳하지 못하고 오직 檀帝의 一神敎訓의 法이 猶太國에 들어가서 그 나라에 宗敎가 되었다. 敎名은 一神敎니 三神事記의 義가 東西洋에 流布하여 人類에 信仰이 되고 感化를 시키는 것이다.

夫學者라 하는 이는 반듯이 開闢理數를 알어야 하는데 理를 算놓은 줄 모르면 不可能한 일이다. 現今에 眞天은 子에 開하고 眞地는 丑에 벽하고 人은 寅에 生하니 一萬八千餘年이라 眞天雄은 眞地雌와 相交해서 子女를 生化하시니 檀帝께서 其子의 名을 那般이라 하시고 其女의 名을 阿曼이라 하시니 이러한 관계로 第一人의 人이라 稱하니 俗에서 后天地라 하는 것이다. 이것을 天地로써 말을 하면 開闢이라 하겠으나 人을 들어 말할 때에는 開闢二字는 쓰지 않고 生이라 하는 것이다.

天地人三才를 子半에서 始運하는 것은 同一하나 大小는 같지 않다.

그 等算은 天은 子半에 開할 時에 地는 子半에서 闢하여 丑半에 會하고 人天은 子半에 生하여서 寅半에 會하였으니 三才가 相會한지도 八千餘年에 那般과 阿曼이 오래도록 만나지 못하다가 이때에 처음으로 만나니 우리 人類들이 生하게 되니 今에 黃白赤黑藍五色族이라 此時는 於今 九千一百七十四年前이니 우리의 始祖蒼帝 桓仁天帝(有巢氏)께서 始初로 結繩의 政을 한지 三百餘年에 赫胥桓仁天帝(燧人氏)는 火食을 民衆에게 가르치며 人生의 重大한 使命과 理由를 돌아보시니 本來宇宙構造前에 本太陽이라.

本太陽 다음에

眞太陽이 있고 그 다음에

日太陽(妄太陽)이 있다.

本太陽의 표현으로 十鉅의 理를 圖하였으니 吾人들은 그 義를 생각하여 보기로 하자.

赫胥桓仁天帝逖人氏께서 本太陽을 心量하여 보시니 하도 커서 氣塞이 되어 [하]하였다는 氣塞의 發音되어 나오는 音聲이다. 그렇다면 이와같이 大而無外하고 小而無內하신 분이 生化人物을 하시자면 必是線殼을 짓지 아니 하시고는 人物을 生化하시지 못하였으리라 하시고 本太陽의 線을 그리어 보시니 우리(울)을 지었는지라. 그 그림은 다음과 같다. ○ 이것은 空이 되었으므로 그 實像을 그리면 아래와 같다. ●이에 이르러는 結成되었음으로 {하}의 發音이 終結하여 {한}이 되었으며 本太陽께서 하시는 일인 관계로 일이라 한다. 그러므로 本太陽의 첫째 하시는 [일]이 發音하자면 [한일]이 곧 이 그림이다. ● 此圖를 [한일]이라 한다. [일]은 곧 [事]이다. 本太陽 일은 政治部序가 일어남으로 다스린다 하는 말을 쓰며 ◉[한일] 그 일을 말하자면 [理]라 하게 되었다.

그러면 [한의 일]은 [理]요, [道]의 일은 [治]이다. 우리들은 理治를 잘 분해하여야 된다. [한일의 理가 아래와 같다.

[한일의 理]가 相對의 性이(二) 有함으로 自一로 加一倍를 하면 三이요,

三에서 加一倍하면 五요,

吾에서 加一倍하면 七이요,

七에서 加一培하면 九요,

九에서 加一倍하면 十一이요,

十一에 加一倍하면 十三이요,

十三에 加一倍하면 十五요,

十五에 加一倍를 하면 十七이요,

十七에 加一倍를 하면 十九이니 此位에 至하여서는 十位가 되고 十位가 다 이루워지면 도리어 一로 되돌아 가는 관계로 [하우리]가 이루워진 것이다.

이 十位가 이루워진 十位中에 九位는 總理算이 八十一이니 이것이 理의 體가 되고 十位째 十九理算은 異의 用이 되는 것이니 이것이 旣成된 理를 쌓아서 놓은 것을 圖를 그리고 그 形像이 톱날과 같은 관계로 이름을 十鉅圖라 한 것이요, 理의 體 八十一과 理의 用 十九를 計算하면 百理를 이루고 보니 一의 理를 了하여 이룬 관계로 百通이라 한다.

十鉅圖에서 理十位에서 一位를 退하면 九位 十七理에서 理의 空이 化하여서 數가 되어서 [우리]가 되니 二도 아니요, 一도 아닌 의심스러운 말을 [두어수]라 하는 것이니 이 數도 또한 加一倍의 법으로 二에 二를 加하면 四요,

四에 二를 加하면 六이요,

六에 二를 加하면 八이요,

八에 二를 加하면 十이요,

十에 二를 加하면 十二요,

十二에 二를 加하면 十四요,

十四에 二를 가하면 十六이요,

十六에 二를 가하면 十八이여,

十八은 理의 退한 終이요, 數의 進한 極인 관계로 능이 더 加하지 못하고 止하니 九位가 된다. 二로부터 九位를 積한 圖는 至今이 角圖이다. 이 九鉅는 十鉅 밑에 隱伏하였으니 九鉅는 말하지 안하여도 九鉅는 自覺할 것이다. 二가 首位에 居하는 관계로 老子는 其字를 道라 稱한 것이다.

이 十鉅圖로 方位를 定하게 되면

子는 北에 居하고 道는 南에 居해서 단지 南北만 方位를 定하여 子와 道가 相通하는 道路를 銀河水라 稱하며

人天那般은 眞天의 右에 居하고

人地阿曼은 眞天의 左에 居하니

銀河의 左를 東이라 하고 銀河의 右를 西라 하여 東西南北의 方位를 定하시고

또다시 用變不動本位의 法으로 用變하여 또한 加一倍의 法으로 畵二次하여 四象을 이루워 四方에 配하시니 이것이

赫胥桓仁天帝燧仁氏太易. 天統이 己盡하고

三世 古是利桓仁天帝

四世 朱于襄桓仁天帝

五世 釋提壬桓仁天帝

六世 邱乙桓仁天帝

七世 智爲利桓仁天帝

의 七世를 거쳐 桓國運度가 다하고

倍達의 國이 創設하니 이때가 人統時代에 桓雄天帝의 18世代를 連續한

倍達國이다.

일세 天帝

이세 居佛理桓雄天帝

삼세 右也古桓雄天帝

사세 慕士羅桓雄天帝

오세 太虞儀桓雄天帝

육세 多儀發桓雄天帝가 바로 始畫八卦創制文字하신 太昊伏羲氏

天統時代가 지나니 人統時代에 들어서서 天統桓仁天帝의 十鉅圖가 桓雄天帝多儀太昊에게 傳하니 春天의 鮮明하는 方位의 이름이 震이라 帝出乎震이 곧 이것이다.

多儀發太昊伏羲天帝께서 이것을 받어 또다시 加一倍의 法으로 三次를 거듭 획을 그어 八卦를 이루고 天, 地, 人, 三爻가 갖추워 진지라. 이에 人道가 처음으로 밝어진 때라 男女가 짝을 지어 其父를 始知하고 形像을 그리고 뜻을 表現하는 그림을 그리어 글字를 만드니 完全히 文字가 이루어져서 비로서 書契가 있고 서로 意思를 相通하여 猛獸傷害를 制禦하는 敎訓의 法이 만들어져서 吾人들의 人權을 始得하고 人命을 保護하는 王의 制度가 相繼하여 王이 되어 1520년을 내려와서 炎帝에게 王位를 失하니 人統이 盡하고 새로이 地統에 들어 다시 爭利時代 地統文明 1520年을 지나니 처음 一天統一世桓仁天帝 以前에 地精이 凝而化身하니 萬法天祉요, 이이가 곧 盤古先生이라.

이와 같이 時代에 따라 代代로 化身하니 炎帝의 時를 쫓아 其時를 얻어 至大한 學者가 多出하였으나 炎帝의 末에는 地統文明의 極致를 이루고 開

拓發展이 社會에 큰 영향을 주었으나 終乃에는 名利에 들떠서 權力 爭奪로 天下가 大亂하여 人類抹殺의 大戰을 치르는 時期에 天下大亂이 共同한 悲慘의 運道를 걸었고

地統의 終結과 天統이 周而復始하는 天統 1250年 運道가 들어섰다. 이 時期는 天統上元甲子이니 黃帝出現하여 桓雄天帝에게서 河圖를 받아서 容成으로 하여 曆을 지으시고 太乙神數를 만들어 炎帝의 大衍에 應하고 赫胥桓仁天帝(燧人)의 十鉅圖를 받드니 이 河圖는 多儀發太昊桓雄天帝伏犧氏가 河南陳川에 都를 定하시고 此圖를 그리시니 河南에서 王統을 傳한 관계로 河南의 地名을 따서 河圖라 한 것이다.

이 河圖는 大小遊曆을 造作하시고 造曆의 法을 密記하시니 是圖大體綱領의 大小遊曆81字를 天符經이라 命名하신 것이다.

황제의 玄孫帝摯의 時에 三十六璇,璇璣升殿入沒의 數法이 始有하니 惟我 帝摯께서 入沒宮에 들어서 帝位를 失하시니 是歲가 곧 卽位十年癸卯이며 帝位는 唐候帝堯에게 失한 것이다.

其時에 東土 三仙四靈이 堯에게 伏從하지 않고 堯에게 不服하는 民衆을 統率하고 白衣를 입어 失國을 弔하고 民主의 政을 25年을 하다가 下元戊辰玉帝升殿의 運에 檀帝께서 卽位하시니 三仙四靈이 上古文獻과 不動本位의 一을 敬守하시며 自性求子라야 一神이 降在爾腦하사 因爲一神하시니 其因으로써 稱之曰天符經을 檀帝께 奉獻하니 帝께서 天符經을 受하사 用變大易黃帝六十四卦는 貴하게 보지 않으시고 桓仁〈因〉이라 하시다.

一天統上元甲子에서

桓仁天帝七世

倍達桓雄天帝18世統年數가

桓仁歷世總年 3301年이요.

一世 桓雄天帝

二世 居佛理桓雄天帝

三世 右也古桓雄

四世 慕士羅桓雄

五世 太虞儀桓雄

六世 多儀發桓雄

七世 居連桓雄

八世 安夫連桓雄

九世 養雲桓雄

十世 葛古桓雄

十一世 居也發桓雄

十二世 州武愼桓雄

十三世 私瓦羅桓雄

十四世 慈烏支桓雄

十五世 蚩額特桓雄

十六世 祝多利桓雄

十七世 赫多世桓雄

十八世 居弗檀桓雄

十八世의 歷世總年 1565년이니 桓國系 倍達系 兩世總年이 3301과 1565
計年이 4866이니 天統 1520 人統 1520 地統 1520 計年이 4560이요.

二天統黃帝后檀帝卽位 戊辰元年까지 305이니 計年이 4865년이니 같은 年數에 一年차는 있을 수 있다. 우리 歷代는 分明하고 正確하며 누구든지 加筆하지 못할 것이다.

이 天符經은 帝의 碑文에 銘刻하였던 것을 60餘年前에 白頭山石壁에서 發見하였는데 經末에 崔致遠은 敬刻白山云云이라 한 것을 得見하여 解釋을 이와 같이 하였노라 하였다.

桓仁天帝는 天統時代요, 多儀發桓雄太昊伏羲時代는 人統時代요, 慈烏支桓雄은 炎帝神農姜邱 곧 地統時代이다.

唐候堯主는 36璇의 第一璇인 紫微升殿之時甲辰年에 卽位하니 이것은 中哲知命의 學이 始分하여 蒼天 人道의 聖學이 처음으로 나타났다. 그렇다면 唐候는 聖學의 祖宗이다. 此數의 36璇升殿人沒의 法이 漢土宣統帝時에 至하여 36璇의 數가 終末까지 君主가 失位하고 他姓으로 易姓하는 時期를 番番이 升殿 入沒의 運에 該當한다. 智哉로다. 孔子의 聖이여, 國代를 自堯로 始하니 至極히 公明正大하도다. 伏羲 炎帝 黃帝 少昊 顓頊 帝嚳 六帝를 削除하고 帝堯로 書經 첫 번째에 올려 놓은 것은 六帝가 다 東夷의 人이기에 書經에 除外가 되고 堯로써 漢族의 創始를 삼았으니 孔子의 筆이 아니면 이렇게 공변되지 못하였을 것이다.

曆에는 眞人의 曆과 聖人의 曆이 있으니 唐候는 聖人인 관계로 聖人의 曆을 用하여 朞三百을 만들어 八十年에 一次式 眞人曆에 와서 考證하더니 周以後로는 眞人曆을 更名하여 十八統曆이라 하였다.

스스로 漢書를 考察하건대 秦時代에 와서 焚詩書에 끼이어 없어졌고 비록 있다 하여도 開闢의 理數를 모르므로 있으나 없는 것과 같다.

三神事記 教化記에 曰 人物이 同受三眞하니 曰性과 命과 精이라,

人이 全之하고 物이 偏之라,

眞性은 無善惡하니 上哲이 通하고 眞命은 無淸濁하니 中哲이 知하고 眞精은 無厚薄하니 下哲이 保하야 返眞一神이라 하시니

上哲은 眞人이시고 中哲은 聖人이고 下哲은 至人이니 蒼天과 玄天이 皆曰 天이나 眞天胞內의 物인 관계로 眞人은 聖人과 至人을 온전히 갖추었다, 黃帝는 天統上元 陽九大限災禍時에 眞人인 관계로 聖人의 政을 用하여 八卦의 加一倍法으로 六次를 거듭 畫하여 六十四掛를 이루고 太乙神數를 用하시니 至人의 道를 用하고 또한 太乙神數法을 用하여 素門 內經諸醫書를 지으시며 純科學으로 天下의 亂을 平하시고 眞人이 至人聖人의 政을 用하여 統治하사 曆을 지으시어 大遊 小遊라 나누어 이름하니 大遊의 意는 眞天神宮에 朝하고 永生快樂에 遊한다는 意요, 小遊의 意는 蒼天道宮에 朝하야 無苦永樂에 遊한다는 뜻이다.

檀帝께서는 天統陽九大限의 災禍가 다하는 時에 降誕하신 眞人이므로 一神誠敬守一의 法으로 教訓하사 人類들로 眞天界에 引導하시고 眞天을 [우리를 만드시니 眞天은 諸星世界를 無所不胞하나니　地球며　月世界이겠는가 ! 過去의 時를 말하게 되면 所見이 井蛙와 같으리니 海蛙이겠느냐? 海蛙도 井蛙도 또한 같은 것이다.

一機가 週環地球 하는 것도 또한 井蛙 같은 것이니 吾人들이 地球上에서 보이는 天을 전 하늘로 삼으리니 이것도 또한 井蛙가 보는 天과 무엇이 다르리오. 예전에 天下는 東洋만 天下로 알았고 至今은 東西洋으로 開通하는 것만 天下라 하겠지만 眞天도 아닌 것으로 우리의 政을 하려 하면

어찌 統治할 수 있으리오. 이것이 井蛙와 같은 것이다.

無限大의 無數諸天이 있고 이 地球밖에도 無數한 諸地天下가 있다. 眞天의 우리 속에 各星界와 우리 地球와 地上地下 우리의 物質 속에 微塵과 같은 우리를 어찌 가히 다 除 할 수 있으리오. 吾의 一身 우리를 들어 말을 하면 眞天 우리와 조금도 差等이 없다. 人身은 大宇宙眞天을 縮小한 것이 이것이다. 우리들은 圖를 算하고 이것을 풀어 글을 써서 天下에 고루 布告하여 天統上元陽九災禍가 9174(西紀 1977) 丁巳年까지 三次이니 9174年 前에 一次이고 4614年 前后에 二次 至今 54年 前后가 三次이다. 이 災禍가 至今은 거의 다하여 가는 時期이니 이 陽九歲星의 小週가 12年이요, 中住가 36年이요, 大住가 360年이니 360年以上 天統分 1520年 동안은 天統大治가 되는 것이다.

天統陽九災禍가 여기저기서 各各 다른 變化로 나타나니 彼日本의 侵略도 36이요, 天統36도 우리나라에 4.19가 있었고 이 三六 變化 투성이가 된 것이 이 陽九의 災禍들의 變貌이다. 이 中住가 終決하는 災禍의 뒤는 廣大無邊한 變化가 諸天諸地가 다같이 일어나는 것이니 하물며 이 地球上의 變化이겠는가?

聖人의 政은 人統之治인 관계로 亂日이 常多하고 眞人의 政은 天統之政인 관계로 至終에는 하나도 亂政이 없는 관계로 檀帝의 政統이 子孫連代 47帝의 歷年 1217年 동안에는 털끝만한 亂政이 없었다.


## 太陰曆大遊小遊와 太陽曆大遊小遊의 別

眞天이 歲星이 되고 眞太陽이 日이 되어 玄天360度를 連周하면 太陰曆大

233

遊이니 이것이 곧 先天曆이요, 周易에 先甲三日의 說이 곧 이에서 나온 것이다. 妄人天이 歲星이 되고 妄太陽이 日이 되어 運周玄天360度를 하는 것이 곧 太陰曆小遊이니 俗에서 所謂 後天曆이니 后甲 三日의 說이 또한 여기에서 나온 것이다. 이 后天太陰小遊曆은 只今流行하는 陰曆이다. 太乙神數에 이 大小遊曆이 있으나 后人들이 이를 算하는 法을 모르고 眞太陽을 알지 못하는 관계로 大遊를 小遊로 알고 小遊는 別個로 알아서 大遊十八年과 小遊 19年을 분간 못하는 관계이다. 諸星은 物이 아닌 것이 없거니와 眞天과 眞太陽은 物이 아닌 관계로 科學으로도 알기 어려우며 모든 科學人들이 반듯이 非科學的 數라하여 不信할 것이다.

우리 東方은 理學의 本方이언마는 學者들이 大遊를 小遊로 아니 學者들이 과연 天字를 아는 이가 몇몇이나 되는가. 東亞로 생각하여 보면 眞天이 微하여진지가 三千餘年이오. 西歐로 말을 하면 그 敎理가 三位一體法이요, 性字는 반듯이 性敎라 하였을 時에는 三位의 稱이 반듯이 神父 神子 聖神 三位一體라 한 것이오, 性字로 聖敎라 할 時에는 반듯이 聖父 聖子 聖神으로 三位一體라 하였을 것이니 이것은 眞天을 알지 못하는 관계로 聖子라 부른 것이다. 我東의 大遊를 小遊로 그릇 안 例이다.

我東의 敎法은

檀帝의 三神事記가 世에 나타나지 않은지가 三千餘年이었는데, 지금에야 我國에 出現하니 學者들이 비록 읽어보나 이를 算하는 法을 모르는 관계로 虛妄한데로 돌리고마니 이것조차 읽는 이가 적다.

同胞여!

天下同胞여!

속히 理를 算하여 靈界와 神界로 돌아가라.

時哉時哉로다.

天統上元甲子36中住后로다.

眞天과 眞太陽이 眞天四百度로 運週하오면 太陽曆

大遊요, 妄人天과 妄太陽으로 眞天 400度 運周하면 太陽曆小遊니 協記辯方에 曰 於今四百有餘年前에 西洋 어느 나라에서 四百日曆을 造作한다 하니 이 天符理算이 없는 곳에 四百日曆이 造作될 리 없다. 다른 理致도 別로 없을 것이다. 理를 算놓을 줄 모르면 어찌 理의 角度를 알겠으며 어찌 開闢理數等의 算을 알리요.

생각하여보면 小數未定이라는 說은 이것이 곧 太陰曆에 小數未定을 말하는 것같다. 우리들은 四百日曆을 어느 時期에 쓰일 것인지 알아야 할 것이다.

二天統檀帝께서 써서 永生快樂을 누리시었으니 이것이 天統時의 守一曆이니 天政大治가 나오고 强罰誤判이 없어지고 全民庶政의 柔和春風에 萬有常樂이 自樂自和의 喜悅의 太平安樂한 世界가 나오는 것이다. 그러나 天統上元陽九大限의 運에는 變化가 있어서 災禍가 일어났다가 이것이 물러가고 太平의 治가 오는 것이다. 災禍가 일어나는 관계로 臣下가 其君을 弑하고 아들이 其父를 弑하야 天下가 紛紛하야 血流滿野하나니 例를 들면 檀帝께서 降誕하시기 전에 黃帝께서 先現하여 桓雄治政下에 坂泉大戰과 琢鹿大戰과 摩訶波羅斯大戰의 三大戰을 치른 뒤에 亂政을 一掃하고 大治를 하였던 것이다. 何國을 莫論하고 執政者는 마땅히 德政仁讓謙恭之治를 닦아서 貧病老弱孤獨을 救援하고 修祈禳災하며 偃兵恤民 結和省刑하여서 陽九大限을 물리쳐야 할 것이니 이것이 太乙神數의 陽九大限의 災에 應하는 法이다. 이 數法을 어찌하여 만들었느냐 하면 오직 民衆들을 위하여 만들었으며 天下에 널리 고하여 天下同胞로 하여 陽九大限의 災殃에 應하게 하고저 함이다.

어느 道僧을 길에서 만나 同行 中에 說話中에 越村 어느 人家 中 大豚의 悲鳴이 들리는 것을 듣고 지났는데 大師가 얼마 后에 嘆息호대 我가 二十年后 반듯이 彼豚의 手에 죽으리라 하니 同行이 물으되 무슨 말씀이냐 하니 僧이 답하여 가로되 [彼돈의 悲鳴이 悲鳴聲이 大師여大師여 我求하라. 만일 나의 生命을 求하지 않으면 怨讐를 報復하리라] 하니 이미 속히 가서 求하기 전에 彼豚은 屠殺되었으니 至今 求하고저 하여도 때는 늦었으니 어찌하리오. 彼豚은 我國公主로 태어나서 我의게 誤言으로 謀陷하여 반듯이 我를 刑戮死를 하게 하리라 하더니 其后에 果然其言이 맞았다 하니 그분은 算理算數하여 知命哲理하느니었다. 이것이 그것이 아니라면 진실한 마음으로 人命을 求하고 그릇 가는 길을 바로 引導하여 人類를 救援하여야 할 것이다. 相扶相助하여 救恤貧弱하고 非正常인 潮流를 바로 잡고 相殺相食하는 盲蠢을 올바른 길로 引導한다면 거의 罪를 免하고 無罪하다 할 것이다. 우리의 使命은 求人救命이 任務이다.

一神께서 人物을 生化하시고 먼저 雄을 生하시니 此生의 生은 生하고자 하지 않아도 生하는 것이다. 理가 始하는 理에 求人하면 自覺하리라. 不生하는 故로 能生生하나니 此雄이 何人을 勿論하고 其腦府에 無한 者 있을 수 있으리오. 오직 人이 男女를 生할 時에 其資는 이 雄에 資한 然後에야 有生이 作하는 관계로 人이 雖死나 不生한 雄은 不死하고 有生한 妄神

은 死하나니 死亡한 것은 還歸本處를 이르는 것이다. 做工의 法은 心은 主에 注하여 生하니 먼저 天, 地, 人 三才의 度數를 알아야 하나니 心主의 注處를 定한 然後에야 可히 工夫에 들어가서 工夫를 얻을 수 있는 것이다. 其度數는 아래와 같다.

腦府眞天度數는 四百度요

胸府 人天度數는 380도요,

腎府玄天眞地度數는 三百六十度니

可히 自性求子의 法을 使하자면 먼저 心神으로 三百八十度血脈에 遊注하는 것을 알아서 子(씨알)을 求하여야 桓因의 法이 되는 것은 의심할 여지가 없다. 그러나 心神과 心靈은 서로 다르니 먼저 神靈을 나눈 뒤에야 可할 것이니 그 儀論은 아래와 같다.

心神一度分數는 1458分을 人天380度로 乘을 하면 554040分이오. 玄天360度로 除를 하여보면 眞天一度分數 1539分이니 諸學의 法이 다 이와 같으니 放光의 法도 이에서 나온 것이다.


## 一神生眞天雄理

用理 19를 體理 81로써 乘을 하면 1539理니 이것이 眞天一度理니 吾人이 受하여 眞心이 되는 것이요, 發하면 眞性이 되어 腦府에 位를 하여 此心中에 神子가 자리를 잡으니 곧 眞天雄이시다. 無善惡으로 神凝生神은 惟我檀帝이시니 黃帝의 神政星政은 자세히 太乙神數에 보이고 檀帝의 神政道政은 자세히 三神事記에 나타나니 三帝의 政은 조금도 相差함이 없는 관계로 相和而 算之하여 글을 써서 놓으나 或是誤解處가 있을까 恐懼

不己하는 바이다.(81×19=1539)


## 眞太陽(神子位於眞天中心命眞太陽)

用理 19를 體理 81의 中一位하사 神子는 用變不動本의 一位로써 80으로 乘을 하면 1520理니 이것이 眞太陽一度理가 되는 것이다. 吾人이 受하여서 上施下行에 命하는 관계로 眞天命이라하는 것이다. 이 眞天命은 無淸濁하야 腦府에 位를 하였다. 中心本一位處에 無의 자리에 있어서 80理로 그 속에서 回轉하는 것은 因動發氣하는 것이니 이것이 眞天의 氣라 無淸濁而 發光하므로 眞神光이니 物에 照한 뒤에 物로 因하여 像이 있게 되고 地의 上中下로 고루 비추이니 遠과 近을 말할 것 없이 아니 비추이는 곳이 없는 관계로 모든 生物이 여기에 資하지 않는 것이 없다. 이 神光이 있는 뒤에야 生物이 생기어나고 이로 말미암아 生을 얻는 것이니 眞心神氣가 腦府 속에 主宰가 되어 一身을 統治하는 것이니 眞天命이 於此에 存한 것이다. (80×19=1520)


## 神子化玄天眞地數

神子께서 眞天 속에 位를 하사 百理의 影인 90數로 玄天眞地로 化한 것이다. 理百이 退한 것이 影으로 化하여 像이 처음 생겨나서 모든 物이 始有한 것이다. 理로 化한 것이 無로 化하니 能化化而化物하니 稱其名을 谷神이라 하고 取其像名을 玄牝이라 하니 黃帝와 老子는 다같이 玄牝이라 하였으나 다른 점은 黃帝는 眞人이신 관계로 至人聖人을 備全하시고 老子는 但至人이시나 八十一年 胞胎에 以神化神의 本의 原理를 說話로 하였던 것이다.

精凝而化神은 世間을 多出케 하였으니 萬法天師가 用數 18과 體數 72로써 相乘하여 1296數가 나오니 이것이 眞地一度數니 이리하여서 地가 始闢의 時에 地中二火가 震湯하여 淸濁이 나누어져서 淸氣는 上하여 玄天이 되고 濁氣는 下하여 眞地가 되었다 하였던 것이다. 至精學者一이로써 天地가 同時에 開闢하였다. 云云한 것이다. 이것은 딴 것이 아니라 理를 算하는 것도 모르고 眞天도 알지 못하니 비록 道의 경지에 도달한 聖人이라도 또한 이것으로써 天地開闢이라 하는 것은 어찌함이뇨? 世人의 知覺은 보이는 것만 가지고 말하는 것이오, 보지 못한 것은 비록 眞理眞數라도 아니라 하는 것이니 이 理數의 法은 全世人이 처음 보는 것이므로 虛妄한데로 돌리는 것이니 雖上智라도 自凝不信하여 此書를 一覽하고는 거의 알 사람이 드물 것이다. 此理數의 法은 想必코 虛妄하다 할것이나 大小遊의 曆이 一分의 差도 없는 것을 天地日月이 立證하니 만일 疑心이 있으면 太乙神數小遊小遊를 祥考하면 疑心이 거의 풀릴 것이다. 우리들은 天下學者로 하여 說明을 잘 하여 解惑하도록 하는 것이 우리들이 任務이다. 우리들을 위하여 眞精心에서 眞精性을 發하게 하는 것이 谷神不死의 玄牝이 되는 것이다. 眞精이 回轉流注하여 保精積精하고 保精積精이 化하여 中住化氣하고 以氣服氣하고 氣化返神에 以神服神하면 以神凝神에 返眞一神하는 것이니 不化而化하는 관계로 能化化하고 化生萬物하며 濁滓는 地球가 되는 것이 玄天과 同數요 腎府도 同位로 眞身心이 되어 眞身性을 發하는 것이다. (72×18=1926)

## 道化玄天日太陰數

用數 18을 體數 72에 玄天中心度2를 用化不動本의 位二를 除하고 七十으로 相乘相和하면 1260數니 이것이 곧 月太陰一度數라 亦淸濁이 分焉하여 淸上爲月太陰하니 上施下行이 命인 관계로 眞精命이 되니 吾人들이 眞精命을 受하여 道二根位에 所有한 것이 없는 空位에서 七十數로 其中을 回轉하여 因動發氣에 無輕中氣發이 眞精靈이 되어 淸明한 빛을 發하고 濁滓는 내려와서 水가되어 能潤光巡環無端하나니 吾人이 受之하야 眞精水氣가 되는 것이니 이것이 곧 地月界라 名하며 厚薄輕重은 있으나 또한 腎府에 位를 둔 것이다.


## 神雄精雌生化妄人天妄人地之理數義

一神께서 眞天雄을 生하시니 雄은 眞地雌로 化하사 雌雄相交하야 子女을 生化하시니 曰人이라 其子는 妄人天父 那般이시고 其女는 妄人地母阿曼이시니 俗에서 이른바 后天后地니 此人은 天符經中 天地人의 人이라 此父母의 子孫이 나누어져서 五色族이 되었으니 黃 白 赤 黑 藍이니 此父母의 生化理數와 陰陽과 四時며 吾身들의 父母生化理數도 亦陰陽塞熱震濕이니 그렇다면 天下의 人이 無非同胞兄弟姉妹가 아니고 무엇이냐. 이 理數를 보고 듣고도 天下의 人이 同胞라는 것을 알지 못하면 可謂人이며 可謂文明의 人이라 할 수 있을 것인가 疑問이다.


## 神雄精雌生化妄人天理數

用數 18을 體理八十一로써 相乘相和하면 이것이 妄人天一度理數가 되는

것이다. 吾人들이 受之하여 妄心神이 되어서 妄心性을 發하나니 여기에는 善惡을 內胞하고 臍府에 位를 하고 眞性에 의하면 善이 되고 眞性에 벗어나면 惡이 되는 것이다. 眞性에 依하는 것은 眞人의 眞聖學이다. 依性이라는 것은 守一을 이르는 말이다. 體理 81의 中一이 一變化하는 三位이다. 第一은 本太陽一神의 一이시고 第2는 眞天中心神子의 一이시고 第三은 妄人天中心神道의 一이시니 三一同體八十一의 一인 관계로 三神事紀 中造化紀事에

檀帝께서 神凝而生하시니 三一神誥에 自性求子하면 降在爾腦라 하시므로 帝亦自性求子하사 降在其腦로 返眞復位하사 因爲一神理로 飮稽造化主하니 曰桓仁이시니 那般과 阿曼이 相通前人物이 不生이나 純精化身하신 萬法天師 盤古先生과 諸化身에 至精의 至人이 累次化身으로 出現하였으나 眞有의 神은 生하시는 말이 없음을 크게 凝心하여 보지 않을 수 없다.

萬法天師以前에 神凝而生하신 神人時代가 長遠히 있었을 것이다. 三一神誥에 人物이 同受三眞은 曰性命精이니 人은 全之하고 物은 偏之라 하시니 聖人과 至人도 皆是人이어늘 以物言之하시니 人이 全之人은 天符三才之人도 아니요, 반듯이 神凝의 人이라 檀帝께서는 父母가 無하시니 一神凝而生이신 神人이시다. 教化紀에는 一神께서 生化人物하시고 生眞天雄하시니 雄은 以影으로 化眞地雌하시니 檀帝께서 自性求子이신 관계로 飮稽教化主하니 曰桓雄이시다. 三神事紀 治化紀는 神雄精子가 生化妄人天 妄人之하시고 人天 人地는 生化한 吾人 受之하여 妄心性이 되어서 轉幻하여 靡常하여 從其體理하면 儉而 去奢하고 從約而爲善하고 用數를 從하면 奢를 放하고 費를 從하면 漸 爲惡하나니 妄心性의 本性의 本然은 純理用心

이신 관계로 飮稽治化主하니 曰桓儉이시라 하였다. 仁(인) 雄(슛) 儉(검) 三字는 神誌에 意於德하고 彰於事요, 尊名으로 稱한 것은 아니다.

體理에 仁이 本有하신 因이 資가 된다는 義로 桓因이시고

理體理用이 仁에 資하여 生하신 眞天雄이라는 義로 桓雄이시고

體理用理本太陽의 資로 凝神의 義로 桓儉이시니

仁雄儉은 本太陽一理이시나 妄心性을 敎化하기 위하여 稱名을 갈라서 내리어 오신 것이니 奢를 버리고 約을 從하여 善이 되는 것이오. 用數를 從하면 奢를 放하고 費를 從하여 惡이 된다.

三位神께서 吾身中에 位를 하고 계시니 誠敬으로 中一位를 受하면 一神이 泰立하고 一家和平하고 天下國父國母가 誠敬으로 中一位를 受하면 天下和平하고 天下同胞姉妹가 理數를 眞知하여야 同胞兄弟姉妹가 己身과 조금도 다름없다는 것을 알아서 自然히 相互愛之重之하야 泰和安樂하리니 그렇다면 먼저 三位神이 나의 一身中에 位를 하고 계시니 誠敬守中一 외에 무엇을 다시 구하리오 斯言이 비록 微하나 永生快樂에 이를 것이니 時哉時哉 저 至今에 神子께서 行政하사 地上神界 靈界人界를 展開할 時라 三六 三六 兩次中住終結이 거의 되었다. 吾人들이 天理를 알지 못하여 失主靈人之位나 不過幾數年內에 天理가 昭昭하게 밝아져야 敬受神子의 政을 하리니 이것은 過去一天統桓因天帝시나 二天統桓儉天帝의 時를 미루어 봐서 알 수 있는 것이다. 우리들은 泰和安樂의 時를 잃지 말고 政民一致하여 眞理를 잘 받아들여서 算理에 明하고 算數에 善用하여 神字中에 胎疑하고 疑字中에 胎信字한 것을 우리들은 善解하면 誥語를 해하고 治身 治人 治政 三事가 具解하여 何人이라도 問人의 疑心을 풀게하고 泰平

242

永樂의 地上天國의 一助가 되기를 바랄 뿐이다. (18×81=1458)

## 妄人天中心神道 命妄太陽理數

用數 18을 體理 81의 中心一位神道께 不動本位로 돌아가시고 80으로 相乘相和하면 1440理數니 이것이 太陰曆小遊日法1440分이니 此算이 理算數法에서 반듯이 나왔으니 의심할 것 없이 世界學者는 이 理數算의 出處를 求하여 보라. 반듯이 自我에서 流布됨을 알고 詳細함을 我國에서만 求할 것이다. 但日法만 傳할 뿐이오.

曆法에 境 會 統 元法과 眞天開 眞地闢 人天 人地 生人法 中 七法이 世에는 傳하지 않았으며 本方인 我國에도 아느니는 적거니 하물며 遠方이겠느냐? 角度가 2가 있으니 1은 理角度百이요. 一은 數角度 90이니 數角度 90이 世에 傳하여 物質文明이 멀리 極度에 達하였다. 吾人이 受之하여 妄心神命이 되어 上施下行이 命인 관계로 命이라 부르는 것이다. 神道本一位에 所有한 것이 無하여 八十理에 中一의 位에 同傳하여 因動發氣를 하게 되니 名을 妄太陽이라 하니 眞氣가 發하여 無의 因에서 神靈이 行하니 이것은 妄人天의 因動發氣中에 中一位가 一位不動本의 本이 眞無를 얻어 神靈의 氣가 發生하니 지금 吾人들이 바라보는 日太陽光이라 이 全光이 色熱한 陽光인 관계로 行翥化游栽物의 六種이 繁殖하는 것이며 吾人에게는 心靈이 되어 行翥化游栽物에 機로 造作된다. 그러나 本太陽에 資의 靈인 眞靈을 타고나서 繁殖하여 度數를 만들어 낸 것이다. 中庸에 天命之謂性이요, 率性之謂道요, 修道之謂敎라 하니 此項은 聖門의 傳受心法이요, 惟衆의 聖學이라, 天은 眞天이요, 命은 眞天命이요, 性은 眞心靈의 發이니 易을 들어 말하면 乾卦라 하는 것이오. 率性之謂道라하니 率性者는 爲誰오. 魂이냐 魄이냐, 魂도 아니고 魄도 아니냐. 이것이 妄心靈인가. 斯靈은 眞天命에 依한 靈이니 安全한 靈氣가 無妄의 眞淸하여 天靈鑑이 腦府에 開하야 眞天靈이 天靈鑑을 照하여 眞淸靈이 眞天靈鑑에 現形하면 이것이 곧 人心의 靈이라. 이 人心의 靈이 眞心의 靈과 一鑑에 俱會現形을 眞淸靈이 稱其號曰上帝主라하고 敬而字之曰道라 斯道가 腦中을 主宰하시니 眞命淸命이 此에 存焉하니 可離면 非道也오. 可離而生이면 何道之有리요. 眞命은 隱莫隱於斯隱이오. 淸命은 微莫微於斯微로다. 修道之謂敎라는 것은 修道는 곧 率性의 法이니 依性을 말함이라 但 依命而忘其思慮을 至於不在其然後에야 옳을 것이니 身忘心忘의 雙忘으로 毫無塵邪를 말하는 것이다.(80×18=1440)


## 神雄精雌 生化妄人地理數

用理 19를 體數 72로 相乘相和하면 1368理數이니 이것이 妄人地一度理數이다.

이것을 吾人들이 受하면 妄精身心이 되는 것이오.

妄精身心性을 發하여 腦府 中에 位를 하고 眞精心에 依하면 厚而貴하고 여기에 依하지 않으면 薄而賤하는 것이다.

此衆人들이 妄精心性과 妄精身心道二位가 便是眞精心道二位인 관계로 因하여 道가 되어 能히 化化하여 化生萬物하는 관계로 玄天母道에 朝하여 永生不死에 至하나니 이것이 至人의 聖道이다.

그렇다면 守中二하야 得道를 이르는 것이니 二位하는 것은 무엇이뇨.

中二位는 玄天妄人地는 女性의 자리니 二位는 眞空을 말함이니

膈中은 兩乳中間深凹處에 位置하고 있으니 因精發動의 柔和忍辱平心處에

至人의 道가 이루어지는 것이다.

凹處에 의하지 않으면 不能離常하고 不能不化의 像人이 되어서 부유를

未免하고 此에 安止하여 不能不化하고 自不能이 되는 것이다,


## 妄人地道 生化月理數

用理19를 體數72의 人地의 中心2가 不動本位로 돌아가고 七十數로써 相

乘相和하면 1330理數니 이것이 妄人天少陰月一度理數니 吾人들이 받아

서 上施下行의 命인 관계로 妄精身心命이 된 것이다.

中心二位는 有가 無하야 空의 자리가 되어 七十數를 不動本二位空中에 回

轉하여 因動發氣하니 곧 妄人地月少陰妄空氣가 되는 것이다. 因物妄精身

心의 靈이 眞精心의 靈에 依하면 妄精身心의 靈이 淸淨함을 얻어 眞精心

의 靈鑑에 照하면 現形하야 兩月이 俱會하고 兩月의 色이 淸白하야 玉과

같아서 月의 圓月과 같은 관계로 號曰玉帝如來오. 次에 字에 가로되 至道

라 하니 이것이 至人 妄人道에 像人如來의 聖道이다.


## 眞妄과 有無와 人物과 虛空解釋

眞이라는 것은 純理와 純數를 이르는 것이다.

妄이라는 理數가 交雜한 것을 말하는 것이오.

有無라는 것은 有無가 三이 있으니

제1은 先有后無니 이것은 眞人에 有無요,

제2는 先無后有니 이것은 至人의 有無요

제3은 先有后無와 先無后有는 이것은 執中의 有無니 이것은 聖人의 有無이다.

人이라는 것은 三神事紀 敎化紀에 人物이 同受三眞하니 曰人이라

眞人과

至人과

聖人을 이르는 것이다.

虛라는 것은 妄人天의 色을 이르는 것이니 數櫃의 影이[空體]의 鏡에 照하면

數의 玄色物의 影이 되는 관계로 其影色이 薄하면 蒼이 되는 관계로 蒼으로써 虛라하는 것이다.

검은 것이 엷으면 푸르고 푸르며 虛가 되는 것이다.

空이라는 것은 妄人地의 色을 이르는 것이니 用理19는 無色而淸如鏡하여 地球의 體數72를 下照하면 外로는 色이 中이 玄하여 薄하면 空이오. 妄人地 母는 空天인 관계로 數의 根이 便是理의 影이오. 用理 19에 中의 一을 無로 돌리면 其影은 18이니 便是玄天의 用數로 같으나 다른 것은 理數가 交하여 또다시 數의 用을 얻은 것이니 用理 19의 中一이 無의 影이 되어 玄中無一色하면 曰空이다.

本太陽은 곧 吾人이오. 吾人은 곧 本太陽이니 이 證을 말하게 되면 吾人으로써 말을 하면 頭腦에는 眞天이오. 그곳에 자리를 한 것이오.

臍膈에는 人天人地가 位를 하고

玄天玄地는 腎府에 位를 하였으니

細細히 算을 하면 諸星辰이 一身에다 갖추어 있는 것이 分明이 밝아진다. 그렇다면 各기 다 받은 것이 吾人이니 本有한 眞天 眞地 人天 人地라는 것은 이것이 誰요. 本太陽이 이것이다.

그렇다면 算數에는 能하고 算理를 모른다면 두뇌가 없는 本太陽이오.

算理에는 能하고 算數를 모른다면 이것은 脾腎이 없는 本太陽이오.

理數의 根本을 다 모르면 理數交雜에서 生化한 것이니 但臍膈中人天人地만 있고 上으로 頭腦를 버리고 下로 脾腎을 끊어버린 本太陽이니 이러한 學이 世間에 많이 있어서 世上이 어지러운 것이다.

惟心만 主將하노니는 中下는 버리고 頭腦만 갖고 산다는 것이고

惟物만 主將하노니는 上中을 버리고 足만 가지고 산다느니요,

人이 人만 가지고 산다느니는 去頭絶足하고 身만 가지고 산다는 것과 같다.

上으로 哲理를 發達하여

下로 物質를 豊富이 生産하고

中으로는 人文科學을 發展하여 精神道德으로 五色人種의 색깔을 차별 없이 平等互惠로 太和春風으로 永生極樂에서 살아야 할 것이다.

物質科學이 人類를 支配하면 流血相殺의 世界가 될 것이오. 道德과 精神哲學이 修心極致의 完功으로 眞理眞子로서 物質를 善用하여 惟物로 人生을 잘 살게 하는 力活을 하여 道政德治의 太平安樂한 永久平和를 이루는 것이다.

愚痴한 사람은 自己의 私心을 마음대로 發揮하는 것을 좋아하고 淺薄한 사람들은 自己專制를 마음대로 하는 것을 좋아하고 現世에 있으면 現時

代에 맞지 않는 異端的 行動을 하여 災殃을 불러 自己自身을 잃는 것이 理數에 밝지 못한 元因에서 오는 것이다.


## 易傳大義

易의 始는 四氣에서 일어난 것이며 四氣는 便是四靈이니 日月의 變化가 이것이니

眞天의 氣는 眞天이 用變하실 새 用變不動本의 一을 빼어 本位로 돌리고 眞太陽을 命하시니 一位不動本位의 中心이 虛하여 運化하면 靈한 관계로 眞靈이 되고

妄人天이 用變하실 새 用變不動本位하고 用變하사 妄日太陽을 命하시니 中一位不動하여 中心에 虛가 靈이 되는 관계로 妄靈이 되고

玄天이 用變하실 새 不動不位하시고 用變하여 眞太陰月로 命하시니 中二位不動하사 中心空이 空이되는 관계로 眞精靈이 되고

妄空天이 用變하여 用變不動本位하시고 用變하사 妄月太陰하시니 中二位不動하사 中心空이 靈이 되는 관계고 妄精靈이 되니 四氣四靈이 萬物을 造化하니 이것이 四天의 功用處가 되는 것이니

眞太陽은 老陽이요,

妄太陽은 老陰이요,

眞太陰月은 少陽이요,

妄太陰月은 少陰이니 이것이 곧 四象이 되는 것이다.

眞妄日과 眞妄月이 俱會하여 成象하는 관계로 이것을 名曰日字와 月字가 合하여 글자가 되니 易이 字가 되니 이것이 易 字이다. 그렇게 되어 易이

始한 관계로 大易이라 한 것이다. 日月은 用變하는 관계로 易을 變易이라 이르는 것이다. 體를 定하면 易은 아니다. 그러나 그 變法은 상대성이 근본이 되는 관계로

一次에 加一倍하여 兩儀가 이루어지고

二次에 加一倍하여 四象이 이루어지고

三次에 加一倍하여 八卦가 이루어지니 天地人三才가 備하고 三才가 成焉하니 이 三才도 亦有相對性이라 內外의 別이 되어 또한

加一倍로 三次하면 六十四卦가 이루어진다.

太極이 生兩儀요 兩儀는 生四象이요, 四象은 生八卦요, 八卦는 生六十四卦한 것이다.

內外三才 亦是 相對性이 있어서

內外三才十二次加一培를 하면 4096卦가 이루어지게 되는 것이다.

12次에 12支가 다하면 散朴의 극이다. 皇帝께서 64괘를 획하야 大遊小遊를 運用하여 軌運하시니

元一에 太乙을 만들고

地二에 六壬을 만들고

人三에 奇門을 만들어

太乙로 天運循環을 알게하고

六壬으로 微細한 微塵의 毫를 가리게 하고

奇門九局으로 主와 容의 旺衰盛相을 알아 事理를 判斷하려 靈龜九宮數를 만들어

大易 太乙 奇門 六壬 四大哲學을 지은 것이다.

이것이 眞人聖人至人의 子學道를 皇帝께서 用하신 것이다.

人物의 生은 東方에서 始作하였고

文明政治도 十極에서 始하니 이것도 東에서 始하니 東國은 全天下의 祖國이니 人類文明이 어떻고 文化가 어떠니 하면서 其祖를 알지 못하면 똑똑한 子孫이라 하여 人類에 參禮할 수 있을까?

我東國이 一神이 定位하시 神國이니 우리들은 分明이 이 元理를 깨달아야 할 것이다.

天一地二人三에서 모든 元理는 이 1 2 3에서 나온 것이니

1 2 3 4 5 6 7 8 9 수가 다 1 2 3 에서 나온 것이다.

天一도 上下陰陽이 있고

地二에도 上下陰陽이 있고

人三도 上下陰陽이 있으며

元이 있으면 兩쪽 保護가 아니 되는 것이니 增減始滅을 意味하는 것이니 모든 種子도 양쪽 쪼가리를 부치고, 그 한복판에는 씨눈을 붙이니 몸도 三으로 具成되고

種子도 처음은 뿌리도 三으로 발 뿌리가 내리고,

싹도 햇기가 양쪽 잎 속에서 올라오니 이것도 3이니

天도 陰陽2에서 三이요,

地도 陰陽2에서 三이요,

人도 陰陽2에서 三이니 大宇宙 眞理는 陰陽과 三이 아니면 아니된다.

天一에서 三을 加하면 四니 四가 生하고 四에서 三을 가하면 七이니 1 4 7은 1에서 나온 同系數요,

地2서 三을 加하면 五요, 五에서 三을 가하면 八이니 2 5 8은 二의 同系數요,

人3의 三에서 三을 가하면 6이요, 六에서 3을 가하면 9니 3 6 9는 3의 同系數이니 이것은 奇門 24節氣의 上中下元의 數字이다.

모든 것이 3으로 많이 이루어진다.

元은 三統으로 이루어져서 三統이 一元으로 이루어졌다.

一候가 五日이오. 一日 內에 12時오(24時). 一時는 120分이다. 五日 內에는 60甲子가 包含되어 三候동안에 三甲子의 180時가 지나가니 上中下元이 포함되어 一元이 되며

日로도 六十日에 六十甲子 日數가 盡하면 上元이오.

다시 120日에 二甲子가 塵하면 中元이오.

三甲子가 180日에 塵하면 下元이니

180日이 一元이니 冬至에서 夏至前日까지 180日을 陽遁一元이라하며

月로도 180月로 上中下元이 포함된 一元이오.

年으로도 六十年이 上元이오. 60年이 中元이오. 60年이 下元이니 이 上中下元이 年三甲子가 다한 一元이다.

이것이 전혀 三으로 變化한 것이니

大易의 變도 三에서 이루어지고

奇門의 變도 三으로 이루어진 것이요,

六壬의 變도 三으로 이루어졌으며

萬有의 變도 三으로 이루어진 것이니 三의 變은 偉大하고 無窮한 것이다.

大易은 內位三과 外位三이 곧 大三이오 一爻式分解하면 六位時成이 바로

이것을 가리킨 것이니 洪範九疇에 稽疑 속에 분명히 밝힌 것이다.

檀帝께서 太子夫婁로 하여 金簡玉尺으로 洪範을 夏禹에게 傳하시니 吳越春秋에 玄夷의 子

滄水使者의게 夢中에 받았다는 것이 이것이다.

우리 上古에 六大哲學이 있다 하였으니

첫번째는 理數學이요

두번째는 音樂이요

세번째는 天文地理요

네번째는 政治哲學의 助貢法과 大而無外하고 小而無內한 微分科學이요

오번째는 人體改造의 眞理요

육번째는 醫藥卜筮이니 이것이다.

天符經 속에 包含된 眞理이니 理數眞算에 包含된 眞理가 이렇게 偉大한 것이다.

天符經 大著를 다음으로 미루어 두고 略著를 이에 마치는 바이다.

-靑陽-

# 우수리강 건너

2024년 10월 10일 인쇄
2024년 10월 24일 발행

지은이    동   원
발행인    이주현
발행처    도서출판 해조음

등   록    2002. 3. 15 제-3500호
주   소    서울 중구 필동로1길 14-6 리엔리하우스 203호
전   화    02-2279-2343
팩   스    02-2279-2406
E-mail    haejoum@naver.com

ISBN  979-11-91515-23-7  03800

값 10,000원